SEVEN
セブン

作
PAULA CIZMAR ポーラ・シズマー
CATHERINE FILLOUX キャサリン・フィロウ
GAIL KRIEGEL ゲイル・クリーゲル
CAROL K. MACK キャロル・K・マック
RUTH MARGRAFF ルース・マーグラフ
ANNA DEAVERE SMITH アナ・ディヴィエール・スミス
SUSAN YANKOWITZ スーザン・ヤンコヴィッツ

訳
RIHO MITACHI 三田地 里穂

JIRITSU SHOBO
而立書房

「SEVEN・セブン」は
世界に重要な変化をもたらそうと尽力している
七人の類まれなる女性たちとの個別インタビューに基づき
一語一句違わず抜粋され、構成された
ドキュメンタリー・シアター作品である

ハフサット・アビオラ（ナイジェリア）

インタビュー取材　アナ・デヴィエール・スミス

ファリーダ・アジジ（アフガニスタン）

インタビュー取材　ルース・マーグラフ

アナベラ・デ・レオン（グアテマラ）

インタビュー取材　ゲイル・クリーゲル

アイネーズ・マコーミック（北アイルランド）

インタビュー取材　キャロル・K・マック

ムクタラン・マイ（パキスタン）

インタビュー取材　スーザン・ヤンコヴィッツ

ム・ソクーア（カンボジア）

インタビュー取材　キャサリン・フィロウ

マリーナ・ピスクラコヴァ＝パルカ（ロシア）

インタビュー取材　ポーラ・シズマー

＊「SEVEN・セブン」の出版はシアター・クラシックス・サポーター
「アノニマス基金 2016」により実現しました。
The publication of SEVEN・セブン was funded by the THEATRE CLASSICS' SUPPORTER, "fund anonymous・2016."

目次

装幀　神田昇和

ドキュメンタリー・シアター

SEVEN
セブン

〈ドラマティック・リーディング形式〉

〈登場人物〉

ハフサット・アビオラ……………ナイジェリア人。背が高く、痩せている、浅黒い肌、早口、柔らかな口調、ほとんど間は取らない、快活で、非常に魅力的、高学歴。三十代。

ファリーダ・アジジ……………アフガニスタン人。美しく、引っ込み思案、非常にインテリ。自身の感情面での傷跡はめったに見せない。四十代。

アナベラ・デ・レオン……………グアテマラ人。艶やかで、演劇的、持って生まれた自信、確固たる信念の持ち主。五十代。

アイネーズ・マコーミック……………ベルファースト（北アイルランド）出身。高学歴、雄弁に、情熱的に、感情をこめ、即興のユーモアを交えて語る。六十代。

ムクタラン・マイ……………パキスタン人。読み書きができない、小作農の女、控えめでデリケート、次第に明確に表現し始め、熾烈になっていく。三十歳前後。

ム・ソクーア……………カンボジア人。優雅、緊迫感、ユーモアと悲しみがともに見てとれる。若々しい五十代。

マリーナ・ピスクラコヴァ＝パルカ……ロシア人。思いやりがある、運命感を伴うインテリ。優しく、機転と論理を駆使して、活動している。四十代。

＊年齢は実在の人物の取材時の年代を参考のために記載してある。

〈上演に関する覚書〉

「SEVEN・セブン」は、様々な方法で――装置が全くない空舞台も含めて――上演されるべく創作された。ト書きおよび括弧でくくられた装置や具体的な場所設定に関する説明は、場面が展開される場所、ムード、雰囲気の感触を呼び起こすための手がかりとして、記されている。その他のメディア――映像、効果音、音楽――の使用については、作品にさらなる力を持たせるための選択肢として記載してある。このドキュメンタリー・シアター作品で使われている、世界各地の文化から採られた歌や音楽に加えて、七人の母国語を断片的に組み入れるのも、より効果的かもしれない。

登場人物は大抵直接観客に語りかける。人物たちの動きは選択肢の一つであり、演出家や各上演の際の判断に委ねる。

俳優たちは、時にはアンサンブルとして、たがいの物語のなかの「声」や「他の人物」も担当する（例えば――電話相談者、ポサダ夫人、モニー等々）。各人が担当する「役」は、演出家により振り分けられる。

俳優たちは、基本的には直接観客に語りかけていく、しかし、時に自分たちが語る物語のなかの「他の人物」たちと関わり合う場合もある。

ドキュメンタリー・シアター作品「SEVEN・セブン」は、俳優たちが台本を手に持ったまま演じるドラマティック・リーディング形式で初演し、その後もこの形式での上演が基本となっている。

俳優が各々前に進み出て、自己紹介する。

ハフサット ハフサット・アビオラ、ナイジェリア。

ソクーア ム・ソクーア、カンボジア。

アナベラ アナベラ・デ・レオン、グアテマラ。

アイネーズ アイネーズ・マコーミック、北アイルランド。

ファリーダ ファリーダ・アジジ、アフガニスタン。

マリーナ マリーナ・ピスクラコヴァ＝パルカ、ロシア。

ムクタラン　ムクタラン・マイ、
パキスタン。

照明が点滅する。
アイネーズ、前に歩み出る。

アイネーズ　でね、
私たちみんな一緒に、
ノース・ベルファーストにある公民館の小さな暗い部屋で、
のんびり座ってたの――
流しには下水が逆流してくる――
そして、この大勢の女性たち、
みんな、考えうるかぎりの人生最悪の事態を
生き抜いてきた女性たち――

でね、
私たちは「世界人権宣言」を、声に出して読んでたの、

「不可侵の」――
という言葉にたどりつくまでは――
この言葉は発音するのが難しいっていうので、
彼女たちが笑い始めたわけ――
で、私が言ったの、
「書くのも難しいのよ！」

「だけど、どういう意味よ？」――
一人の女性が私に尋ねた。
「不可侵」――
その意味は、
「私たちが読みあげていたすべての権利は、
すべて人間ひとりひとりが持ってるものなの！」
「ああいう権利を手に入れるには、あたしたちは何をしなければいけないの？」
「ああいう権利は、あなたたちのものよ」って、私が言う！
「ああいう権利はあなたたちが持ってるものなの、
それは、あなたたちが人間だからよ！」

その女性は驚き、
私をじっと見つめた。
「うわぁ、それって
最高にキッタネェ隠し玉級の秘密――としか、
あたしには言えない！」

照明が点滅する。
電話が鳴る。
自分の事務所にいるアナベラに照明が入る。
アナベラに会うのを待つ人々の列。

アナベラ

私が面会を担当する日、
月曜日と金曜日は、
もう、すごいのよ、
事務所になんか入れやしない。
行列、
二十人のグループ、

四十人のグループが私を待ってる。
全国からやってくるの。

ポサダ夫人 （ポサダ夫人に）
どうぞ、あなたの問題を聞かせて。

アナベラ （アナベラに処方箋を渡し）
年老いた母のために、薬がいるんです。
（アシスタントに）
メアリ、お願い、総合病院の院長に連絡して、
ポサダさんはお母様のお薬が必要なの、
でも、病院は何も出してくれなかったって。

メアリ、アナベラに電話を渡す。

アナベラ コードのついてない電話、持ってるのよ。
（電話に）

「院長先生？
アナベラ・デ・レオン。お元気？
素晴らしく元気？
わたくしは元気ですよ」

みんな、私の電話には出るの、
だって、私のは遊びじゃないって、みんな知ってるからよ！

「ポサダさんという方ですが。
先生は彼女のお母様のお薬を出してくださいませんでしたね。
彼女、処方箋を今、この瞬間、わたくしに見せてくれています。
先生にはこの問題に対処していただかねばなりません。よろしいですか？

わたくしに薬を送る!?
いえ、ポサダさんがいますぐそちらへ伺いますので、
先生から彼女に薬をお渡しくださいい、
彼女が薬を頂きましたら、

もう一度わたくしに電話してくることになっています。
よろしいですね？

わかりました。どうもありがとうございます、
先生が彼女に薬を渡してくださらない場合は、
わたくしが先生を本会議に召喚します。
よろしいですね？　では、これで」

（ポサダ夫人に）
あなたの問題は解決しましたよ。
薬を手に入れたら、私に電話してくださいね。
私の携帯電話——3—492229……

いいわよ、次の方。
どうぞ、どのようなご相談でしょう……？

風の音。

ブルカを纏ったファリーダ、舞台前へ歩いていく。

ファリーダ

夜の風のなか、
故郷《ふるさと》を思うとき、
私は山影を思います、
アフガニスタンの国境で身を隠しながら、
何度も何度も歩いた夜。
この私を動かすのは、
地雷を越えていけるよう、私の歩みを導いてくれるのは、
女性たちの顔なのです……

私は女性がたった一人で子供を産むのを見ています——
タリバン体制の下では、
男性の医者が女性を治療することが禁止されているからです、
そして、女性は医者になる教育を受けることができないから。
（再体験しつつ）
私には見える、
私の目の前で息を引き取るあの人の顔が。

落ち着いてなんかいられない。
私に何ができるの？
彼女のような女性たちに医療を届けるたった一つの方法は、
歩くこと。

ときどき、夜で、あまりに人里離れた地域だと、
私は自分と二人の小さな息子を私のブルカの中にしのばせて、
基礎医療を届けに行きます……
ブルカだって変装する時にはいいものよ。

感じる――
山の向こうから私を見つめているムジャヒディン――
イスラムの戦士を――
でも、ムジャヒディン全員が女性を嫌っているわけではありません。
戦士たちは私たちに、地雷のある場所を教えてくれます、
あるいは、行ってはいけない方向を――
盗賊がいるかもしれないってね！

ファリーダが舞台を横切るなか、電話が鳴る。
マリーナが電話を取る。

マリーナ　女性のための救急センター「相談電話」です。
電話相談者　どうすれば、あなたのお役に立てますか？
マリーナ　ラジオで聞きました。
電話相談者　そうでしたか。
マリーナ　ラジオで聞きました。
あなたはわたくしのことを話されてました。
電話相談者　はい？
マリーナ　主人は――
主人が殴るんです、わたくしを――
主人に殴られました、
二十六年間。
電話相談者　どこにいらっしゃるの？
マリーナ　ベッドのなか。

背骨が折れてるの。
主人に殴られました。

マリーナ 住所を教えてください。

電話相談者 あなたの声を聞いたの。
信頼してもいい人の声だという気がしました。

マリーナ あなたにたどり着ける方法を教えて。
そうすれば助けに行ってもらえるから。

電話相談者 お嬢さん、うちの主人はとても力のある人間よ。
政府機関の要人。

マリーナ わたくしが参ります、警官と一緒に。

電話相談者 ね、お嬢さん。あなたにはわからないわ。
あなたが誰かに電話をしたら、主人にわかってしまう――

マリーナ 話してください――

電話相談者 あなたがわたくしにたどり着く前に、わたくしは死んでるわ。

マリーナ (観客に)
彼女はほぼ一月の間、
電話してきました。

そして、
電話をしてこなくなりました。
彼女は私が助けることができなかった人たちの一人です。

ソクーア、光の輪のなかに現れる。
ソクーアは手に紐を持っており、それを自分の手首に巻きつけていく——考えこんだ様子で。

ソクーア

「**カモック**」は悪い精霊、
そして、
「**プロング**」は魂。
長い間、
私は私の文化、
私の国カンボジアでは、
「人は十九の魂を持っている」
——ということを、知りませんでした。
私たちの身体のすべての部分には、

魂がある――
髪の毛、足。

私は人身売買の犠牲者に尋ねました――

「いつ魂をなくしたの？」

彼女たちは答えました――

「人身売買の斡旋業者が私を家族から引き離したとき、
魂が離れていった」

そして、

「私の魂はいまも田んぼの中にいる」

強姦されると、「**プロング・魂**」を失う――

誰かが奪い去るのです。

一九九八年に婦人問題担当大臣に就任して以来、
わたくしは人身売買の犠牲となった女性たちに対応してきました。
わたくし以前にこの役職についていたのは、すべて男性でした。
まず、わたくしが行ったことは、

「男は金貨、女は白い布切れ」――という
古いカンボジアの諺への挑戦でした。
考えてみてください。
金貨を一つ、泥の中に落とすとします、
その金貨はきれいにすることができる、
そして、金貨は以前にも増して、輝くことになる。
でも、布切れにしみがついたら――
その布切れは駄目になる。
あなたが処女を失えば、
あなたはもう白い布切れではありえない。

毎年、三万人以上のカンボジアの子供たちが、
売春へと追い込まれています。
下は十一歳の幼い少女までが、
騙されていくのです――
貧しい家族を助けるためにと
仕事を約束され――

そして、
連れ去られ、
売春婦にされる。
わたくしはそのような子供の一人に取り組んでいます、
少女の名は、モニー。

ハフサットがマイクに向かって話している——姿の見えないインタビュアーに。

ハフサット なぜ私が声を上げることになったか、ですか?
あの、
私はアメリカに住んでました——
知ってるでしょ、アメリカの社会がどういう社会なのか
——つまり、とてもいい人たち、でも、たいていは、
他の場所の人たちのことはあまり知らない、
アメリカ国内やカナダのことさえもよ!
最も近い隣人のことさえ知らない!
だから、アメリカ人がナイジェリアについて知ってたり、

気にかけてくれる可能性なんて、
どれくらいあると思います？

一九九五年でした、
私はハーバード大学の二年生。
ちょうど授業を終えたばかりの私は、
学生たちが署名を集めているのに気づきました——
何か絶対に馬鹿げたことだって、私にはわかってた——
たとえば「学生が日曜日にキャンパスを裸足で歩く権利」——とかね、
だから、私はその学生たちを避けようとした、
でも、彼らはしつこくて、私を捕まえたんです、
私が黒人だという理由だけで。
そして、学生が私に言ったの——
「嘆願書です。
ナイジェリアで当選した大統領が投獄されました、
それで、私たち、署名を集めてます」
「あなたたちは私の父のために署名を集めてるのよ、

知らなかったの!?」
もちろん、彼らは知らなかった、
でも、興奮して言ったの――
「キャンパスで自分たちのグループに、
ナイジェリアの状況について話をしてくれないか」って。

空虚さにむけて話しかけることになる、
誰ひとりとして聞いてはくれない
――と、私は思ってました、
でも、学生たちは気にかけてくれた、
聞いてくれたんです、
こうして、私は自分の声を見つけ始めたのです。

アイネーズ、前に進み出る。

アイネーズ 父は十六歳だった私を退学させ、
父一人でやっていた印刷会社の事務員として働かせました。

相当締めつけられてたの。
私は大学へ行きたかった、
でも、家族が許してくれないのはわかってた。
だから、私は家を出たの。
一間だけのアパートを借りて、
下級公務員の職に応募した。

面接で質問されました――

質問者1 同性愛についてどう思います?

アイネーズ どういうことで――??

質問者2 あなたのお兄様が黒人の女と結婚したら、どうしますか?

アイネーズ 不愉快な質問、
本当に聞きたい質問じゃないの、本当の質問は
「カトリック教徒について、どう思いますか?」
私は北アイルランドのユニオニスト・イギリス統合派で、
プロテスタントの家庭で育ったの。

だから十八になるまでカトリック教徒と知り合うことはなかった……
昇進を要求したカトリック教徒の一人について、
事務所でかわされた会話を覚えてる——
「昇進なんかとんでもない、
カトリック教徒は信頼などできないからな」
その時、私、気づいたの、
ああいう会話ができた理由《わけ》はたったひとつ、
事務所にはカトリック教徒が一人もいないからだって！

北アイルランドは生きるにはとてつもなく不条理な場所でした。
いまだに変わらない。
貧しい人間にとっては、とても寒い家。

北アイルランドでは、
不正に対して異議を申し立てる者、
現状維持派側にいない者は、
反対派にならざるを得ない！

極度に凝り固まった権力システム。
覚えてるわ、私の親戚が言った言葉――
アイネーズ、こんなふうに私たちを苦しめる権利、あなたにはないわ！

親戚

（親戚に）

アイネーズ

なら、あなたたちにだって、
他の人間を苦しめるような生き方をする権利はないわ！

アナベラが一枚の紙を取り出す、そして、その紙を広げ、掲げる。

アナベラ

これは私が作った人生の一覧表――
一九五四年・誕生――見えますか、ここよ。
私は「暗闇」って呼んでるの。
その後に続くのが「悲しみ」、私の子供時代、
その次が「基礎知識」、私がすべてを学んだ時期。
そして、ここは「熱意」って呼んでる、
そしてここは「勇気」、
そして「遊びはなし」、私の学校時代。

成績優秀だったのよ、
だから、法律を学ぶための奨学金を手に入れる助けになったわ。

「差別」――
私が法科大学院に通っている時代。
私の奨学金は私立の大学に行くためのもの。
大学に行くと、
クラスメートは私を差別した――
あの人たちは金持ちで、私が貧乏人だ、という理由でね。
あの人たち、私に言ったのよ――
「あなたは公立の大学へ行くべきよ。
あなたは私たちの類の人間じゃない」
私はあの人たちに言ってやった――
「あなたたちが私に『この大学へ来てはいけない』と言った
というだけで⁉
――いやよ！
とんでもない！

さよなら！」

沈黙するってどういうことか、
私にはわからない。

私は絶えず自分の権利を守らなければならないの。
「私が両の耳の間に持ってるものと、
あなたたちが持ってるものは、
同じじゃない」――
そうあの人たちに言ってやった。
「『貧しいから』とか、
『女だから』という理由で
あなたたちが私を差別するなら、
私はあなたたちを差別してあげる――
その理由は――
あなたたちが『馬鹿だから』！」

ソクーア、片方の手に紐を持ち、おたまを取る。

ソクーア これからモニーのために、「魂呼び出しの儀式」を行います。
モニーはたったいま、売春宿から助け出されたばかり。

ソクーア、モニーを前に連れてくる。他の人たちは「共同体の人々」となる。

ソクーア モニーの魂を魚用の小さなかごのなかに呼びいれるために、
おたまを持っています。
みなさんは、十九回呼びかけてください……

共同体 (詠唱する)
「おお、尊《たっと》きプロング・魂よ
今日《こんにち》あなたが目にする川岸の、
真の姿は完璧な闇。
すべての木々に、気をつけたまえ、
木々は姿を変えし悪霊を——
悪霊を宿しますゆえ」

ソクーア　モニーの手首に十九本の木綿の紐を巻きつけます、
魂一つに、紐一本……

共同体　（詠唱を続けて）
「あなたの手首に紐を巻く、
そして、私の手首にも――
あなたとあなたの親戚、結ぶため、
老いも、若きも、
祖母たち、そして、祖父たちも。
この紐一本一本が、
あなたの十九《じゅうく》の魂を、
連れて戻りますように、
あなたの心と肉体が、
再び一つになりますように」

ソクーア　儀式の間中、モニーはほとんど何も言いませんでした。
あの子はほんの子供――
美しい子――

微笑《ほほえみ》も、何もかも。
でも、あの子は迷《まよ》い子《ご》。
見ればわかります。
ただあの子を見るだけで、
あの子には「魂がない」とわかります。
空虚さの表れ、絶望の形。

あの瞬間のこと、
あの子が貫かれ、
強要された、
あの辛い瞬間のことを尋ねると——
あの子はただ繰り返すだけ——

モニー　(無感覚)
あたしは魂を失くした。
あの男はあたしの魂を奪い去った。

ソクーア　呼び出しはこれにて終わり——

共同体　「おお、十九の魂よ、

お戻りください
みんな一緒にお戻りください……」

照明、マイクを持ったハフサットへと、移っていく。

ハフサット そう、そうよ、私は大事だと思う、
あの、人間の魂の本質ってことよ。
私は、自分の魂は光で満ちてるって、思ってる。
私が霊能者ってわけじゃないわよ、
でも、私は、
闇よりも光の方がずっと多く存在してる、って信じてる。
私には大事なの——
私が他の人たちを傷つけないこと、
そして、
他の人たちに悪意を持たないこと。
残酷な出来事を経験すると、
人間は激しい敵意を抱くようになり、

辛辣《しんらつ》になる――
それって、私が望んでいない山ほどの闇のエネルギーよ。

照明、マリーナと二人の女性へと、移っていく。

マリーナ

息子の学校で――
ピーターは七歳、小学校一年生なの――
私たち母親は子供たちを送りこむと、
立ち話をしていたの、学校のこととかね。
当時、
私は人口に関する社会経済研究所に配属されていました――
ある朝、
私は二人の女性と話をしていたの――
一人は主婦、
もう一人はコンピューター・プログラマー――
私、聞いたんです――
(二人の女性に)

女性1　うちの研究所である調査をしていてね、
研究所に手紙が送られてくるのよ、
家庭内暴力について
女性たちが書いてくるの。

女性2　家庭内暴力?
どういうこと?

マリーナ　(観客への傍白)
私が育った当時、
ソ連では誰も
「ああいうこと」については、話しませんでした。
「ああいうこと」を指す言葉すら、存在しませんでした。
だから、私、説明したんです、
「それはね……
(女性たちの方へ振り返る)
夫が支配的、
嫉妬深い、
あなたをけなす、

それとか、
ほかの女性や家族と話をさせないで、あなたを孤立させる。
そして、
感情面での虐待、
心理的なプレッシャーが、
ゆっくりと肉体的な虐待になっていく、
でも、ときにはそれほどゆっくりでもないの」

（観客に）
私が説明し終えると、
二人はともに——
二人とも——言ったんです、
夫に虐待されてるって。
一人は六年間。
もう一人は十年……
私は自分の内《なか》に、何かが沈んでいくのを感じました。

しばらくして、

女性1　主婦のほうの女性が、私に電話してきたんです、
泣きながら。
主人がスーツを着ている途中だったの。
そしたら、ボタンがとれたの。
それで、主人が自分の靴をつかみ、
私の顔を叩いたの。
子供たちの前で。

マリーナ　（観客への傍白）
彼女の顔には青あざ、
腫れあがってました、
一週間も。
（女性1に）
あなた、とにかく彼と別れたら？

長い間。

女性1　（途方に暮れて）

マリーナ

あの、私にどこへ行けと？

（観客に）

それで、私は社会福祉サービスへ電話し始めたです、

いろいろな政府機関に電話して尋ねました——

「こういう状況の女性を助けられるのはどなたでしょうか？」

でも、どこもかしこも答えはこれ——

「誰もいません。

それは個人的な問題です」

でも、私はそんな答えを受け入れるつもりはありませんでした。

それで、

事務所と電話一台を手に入れ、

家庭内暴力の「相談電話」を設立したんです——

実際は「信頼電話」って、

私は呼んでいました。

だって、

女性たちにできることは、

「信頼すること」だけですから。

アナベラ

ああ、ものすごく難しい。
私はいつも非難してる、
告発してる、
でも、あの人たちは捜査しない、
なんにも！

刑事免責は「グアテマラの女王」。
法律がなにひとつ有害な結果をもたらさないのなら、
みんな考えるわよね――
「なんでも好きなことができる、
盗みも、
殺しも、
妻を殴り倒すこともできる」

家庭内暴力はもうすぐ犯罪になるわ、
私たちがある法律を作るよう、あと押ししてるからよ。
でも、私たちには法を順守してくれる裁判官が必要なの、

マリーナ

だって、止めなければ！（手を叩く）
女性に対する暴力を。
今年、二千五百人の女性が殺されたのよ。
彼女たちは生まれてきた、
彼女たちはいい人だった、
そして、
彼女たちは、いまはもう死んでしまった。
ロシアでは、
毎年、
一万四千人の女性が、夫に殺されています。
一時間に、女性ひとり。

長い間、私はたった一人でした。
電話に出る。
カウンセリングをする。
法的支援を見つける手助けをする。
でも、

通常の「相談電話」にできることが、私にはできなかったの。
こういう活動をしているのは、私一人だけだったんです、
ロシア全土で。

山の中をたった一人で荷物を持って歩いているファリーダに照明。

ファリーダ　クリニックもない、
病院もない、
交通機関もない――
ということは、なんにもないんです。
だから、私たちは女性を訓練する必要があったのです――
予防接種、
公衆衛生、
栄養学……

ファリーダ、跪き、荷物を開け、ツール・キットを作る。

ファリーダ

私たちは基本的な助産婦ツール・キットを作りました——
爪切り、
助産婦たちが手を洗うための石鹸、
手袋、
お産をする場所用のビニール・シート、
へその緒を切るためのはさみ、
熱を測るための道具。

私たちはタリバンとさえ連携しました。
私はいつも彼らにオープンに話していました、
このプロジェクトはどんなものか、
いかに女性たちの役に立つのか、
予算は、反響は、どれくらいなのか。
そして、
タリバンは言ってくれました、
「わかった、あなたがたのプロジェクトを許可しよう、
ただし、

あなたがたが女たちに
コーランの聖なる言葉を教えてくれるなら、
祈りについて教えてくれるならね。
それと、あなたがたの資料を見せてもらいたい、
イスラム教に反することが一切ないことを確認したい。
西洋思想を強化してほしくないのでね」
私たちは「それでけっこうです」と言いました。
だから、タリバンは私たちを受け入れてくれました。
私たちは資料を助産婦ツール・キットに入れています――
お祈りの仕方、
家の掃除の仕方、
年長者を尊敬する方法、
夫を幸せにする方法、
お料理の仕方、
女性はこういうことを知っていなければなりません。

ソクーア、片づけようと、紐を包んでいる。

ソクーア

「魂呼び出しの儀式」——
私はやるわ、
なぜか——？
それは——わかるでしょう——
それは、私の文化の一部だから。
でも、この儀式、私は本当に信じているの？
信じてはいない。
私は自分の文化が好き、伝統が好き、
でもその文化は、
「魂を失った人間は、それに値する人間だ」って言う。
「拷問を受け、
　強姦され、
　めったうちにされたとしたら、
それはあなたのカルマだ」って言う。
もしこれを信じるなら、
それなら、言うしかないじゃない、

「これで終わり、
　私の人生もおしまい」

私にとっていちばん辛いのは、
子供たちに
「私の魂を返して」と
言われる時よ。
私はあの言葉を「正義の闘い」って翻訳してるの。
私は言うの、
「モニーが、
　モニーを売った人身売買業者の裁判に勝つために、
　ご協力ください。
　それこそが、正義です！」
そして、モニーは勝った。
人身売買業者と、
売春宿の主人は有罪となり、
刑務所に行きます――

でも、
最初にモニーを強姦した男は、どうしても発見できませんでした。
その点から言えば、
モニーの魂は、絶対に彼女に戻ることはありません。

彼女のような犠牲者が再び完全な自分になれるのは、
「また強姦される、また売られる」
——という思いから解き放たれたとき、
「もう男が戻ってきて自分を傷つけることはない」
——と感じられたとき——

でも、
もしも、
その男が隣に住んでいるとしたら……!?

私たちはモニーにすべてを与えた。
モニーは私たちのところで一緒に住むようになった……
でも、だめだったの。

モニーは逃げた、
自分の家族を完全に切り捨てた……
いま、モニーはどこか別の売春宿にいる。

ハフサット、マイクに向かって話す。

ハフサット　私の国、ナイジェリアの社会では、
生まれたときに与えられる名前で、
どれほど大切に思われているかが分かるの。
私の名前「ハフサット」の意味は、
「大切な人」。
パパは自分の娘たち全員を「スーパーガール」って呼んでました。
でも、私には「自尊心」という点で、大きな問題があったの！
ママは伝説的な美女。
ママは四人の妻の一人、
そして子供は十九人！
あのね、一夫多妻制の家族で育つってことには、

たくさんの素晴らしい要素があったの、
だって「出来合い」の友達がいるんだもの、
でも、「比較される」ってことも避けられない。
みんなはどれだけパパが優秀だったか知ってる。
ものすごい天才。
姉のアイヨは――なんていうか――
パパの足跡《そくせき》をたどってる。
そして、私――
「並」
でも、ナイジェリアから出たら、
私、わかったの――
人と違っていてもいいんだって。
私は国を離れていた時期を、
「ハフサットって誰なのか」、
自分なりに構築するために使ったの。

自宅で座って刺繍をしているムクタランに、スポットライト。

ムクタラン

大叔母が
うちの一族の子供たちの名前をつける名誉を授かってました。
大叔母は
私のことを「ムクタラン」と呼びました、
「力強い」とか、
「自尊心のある」という意味——
私はいつも不思議だなって思ってた、
だって、私はすっごく痩せてたから——
私の国パキスタンの文化では
「痩せてる人は弱い」って考えられてる。

私の村はパキスタンの南部にあるミールヴァラ、
パンジャーブ州で一番貧しい地域の一つ。
私たちはグルジャラ族の出、
下層カーストの農民部族。

他の女の子たちのように、
私はお人形さんで遊び、
木登りをした、
だけど、
女の子たちは家族のお役に立てるように、
特別な仕事を身につけなければいけない。
私は刺繍を教えられた。
みんなが私のところへ布地を持ってくる、
私はデザインをし、シャツやズボンを縫う。
私は花や植物も育てた、
今でも大好きで育ててる。
一年前、ジャスミンを植えた、
それに、果物の木も何本か始めた、
だけど、ヤギがきちゃった。
ヤギはマンゴやレモンの木を平らげた、
だから私はまた植えた――
だけどヤギがまたやってきた。

そして、また。
ヤギたちは、
その時はまだ私もヤギのように頑固だって知らなかった！
ヤギたちが何をしようと、
私はずっと植え続ける、
そしてある日きっとヤギは諦めるって、
私は思う、
そして私の木が勝つ。

私の村には学校がなかった、
それで、私の家族はみんな読み書きができなかった。
私は母が学んだこと、
そして、母の母が学んだことを学んだ——
家事のやり方、
ポンプから水を運んでくる方法、
チャパティの作り方、
衣服をヤシの木に吊るして干す方法。

他の場所では女の子たちが教育を受けてたなんて、
私は想像もしなかった。
世界についてこの私は
全く、なんにも、教えられてなかったなんて、
私は知らなかった……
違う、
私は「何か」は教えられた――
女の子たちみんな――
私は沈黙を教えられた、
恐怖を教えられた、
ある人たちは社会的階級が高く、
ある人たちは劣っている、と教えられた。
私は学んだ――
顔を隠して頭を下げること、
屈服すること、
同意すること、

両親に従うこと、
そして、男の子たちに近寄らないこと。
これが私が知ってたことのすべて。

だけど、「時」が私を捕まえてくれた、
「時」が私に教えてくれた……
ベトナムでの戦争――
あの戦争がカンボジアにまで及んでくるなんて、
私たちは考えてもいませんでした。
私たちはビートルズを聴いていた……

ソクーア

そしたら、きたんです。

母と父が私をフランス行きの飛行機に乗せました。
私は家族から離れたのです。
私は十八歳、
そして、ほんとに、ほんとに必死でした。

「この川は曲がってる、
　でも、私はどの岩にしがみついていればいいの?」という感じ。
岩は、ありませんでした、
そして、川は、ものすごく速く流れていきました。
私は二度と帰ることはありませんでした。
無垢なティーンエイジャーから、難民へ。
絶望的、
そして、
みなしご。

ファリーダ

一九八〇年、
私が生まれた地、アフガニスタンから始めましょう——
私は九歳までアフガニスタンで過ごしました。
私たちはすべてを持っていました。
でも、父が医者だったので、私たちは危険にさらされていました。
ロシアのロケット攻撃のなか、
父は、我が家に溢れんばかりに押し寄せてきている
女性や子供を助けようとしていました、

うちの居間に穴があけられた日までは――。

私たちはカブールの街から、
ロシア人から、
逃れなければなりませんでした。
そして、一九九三年にはタリバンから。
あの時は、何千人もの人たちがパニックになりました、
逃げようと押しあっていました、
交通機関はなし、
道路はすべて閉鎖、
あるいは、爆破されていました。
血まみれになっている人たちを見ました、
自分の傷からの血ではありません、
死んだ人間の、遺体の上を、歩いてきたからです。
停戦になるまで、
私たちは下水道で身を屈めていることしかできませんでした。

マリーナ

私たち家族が、
パキスタンの難民キャンプで
十五年もの間、暮らすことになるなんて、
私には知る由もありませんでした——
私の青春時代の最高の時期を、過ごすことになるなんて……
主人と私は何年ぶりかで休暇をとっていました、フィンランドで。
山岳スキーに行ったの。
それで、主人は疲れたって感じたの。
主人ね、「ちょっと昼寝をしてくるよ」って言ったの。
突然、私、主人の昼寝が長すぎるって気づいた。
私が主人を発見したとき、主人はまだ生きてたわ、
でも、救急治療室の人たちは主人を助けることはできなかった。
心臓麻痺。
主人は三十七歳でした。
私は三十三。
あの当時、
私の使命を理解し、

サポートしてくれたのは、
主人一人だけだったの。
私はひとりぼっち。
私は案じてた――
「この仕事をやるための強さ、私にはあるのかしら？」――
母と、兄と、私は、小さな暗い部屋で一緒に暮らしてたの。
小さな窓から、**ミ・マードレ**が料理を作ってるのが見えたわ。
今でも覚えてる――
ものすごく小さかったころ、
ママがお鍋の上に覆いかぶさるようにして、
私たちのために食事を作ってるのを、じっと見てたの。
毎晩、私たちは黒豆を食べてた――
フリホーレスを**トルティーヤ**と一緒にね。

アナベラ

私、見たの――
女の人がうちの屋外にあるキッチンへ行き、
母がかき混ぜていたお鍋のなかに、

土を投げ入れた。
私たち家族の、その日の食べ物が駄目になった――
私たちのたった一回の食事が――
そしたら、母がすすり泣き始めた。
私は幼かった、
でも、わかってたわ、
私はあの世界から出たいって――
女たちが、
怒りと絶望のあまり、
食べ物に土を投げ入れる世界から――
私の母のように、
いつも沈黙し、
祈り、
泣いている世界から、
出たい――って。

私の人生がこういう始まり方をしたおかげで、

私の生き方が生まれたの。

遠くからドラムを叩く音――まるで雷のようだ。さらに大きくなる、そして、止まる。

アイネーズ　北アイルランド・デリー州の州都、
デリーの街は丘の上にあり、
壁で囲まれていて、
大砲が街の広場を見下ろしています。
丘の麓には、
ボグサイドとして知られている、
多くの通りが集まっている地区がありました。
遠い昔、
ここは非常に貧しい人々の地区でした、
農村地域から出てきたカトリック教徒たち、
貧しいなかでも貧しい人々の地区。
いくつもの家族が一つの部屋に住み、
湿気が壁を伝っておりてくる……

マギーの丘からボグサイド地区を見ているときに
言われたことを覚えています――

隣人　（ささやく）
あなたは行っちゃだめよ、あんな下の方へはね。

アイネーズ　で、いま私は
「あんな下の方」出身のカトリック教徒と結婚してるの！

彼と出会ったのは一九六八年の夏。
私はロンドンに行ってた。
あるバーに入っていくと、
デリー訛りの男がドリンクを売ってた。
私はドリンクを注文した。
で、
私はいまも彼と結婚してるの！
彼の政治意識の方が、ずっと高かった。

彼が語る「北アイルランド」、聞いてるでしょう？
私は、あのもう一つの闇深い世界を、
垣間見るようになった。

私たちは、ヒッチハイクしてポルトガルへ行ってたの。
ユースホステルのテレビで、
デリーで初めてという、
大規模な公民権運動デモ行進を見た。
夫の顔が蒼白になった。
人々は道路から叩きだされてた。
私たちはヒッチハイクして、
まっすぐ家に戻った。

私は、全く同じ北アイルランドの自然の風景のなかにいながら、
国境を越え、
全く別の国へと入っていった！

次のムクタランの場面の間、ウルドゥー語の祈りが流れている。

ムクタラン

マストイ族の男が数人、私の家にやってきて、言いました――
私の十二歳の弟、シャクールが、
彼らの一族の少女と「ジナ」をしたので、
刑務所に送ると。
弟が犯したと言われたこの「ジナ」という犯罪は、
「強姦」とか
「婚前性交渉」という意味で、
死刑になる罪。
私の家族は、これは絶対に偽の告発だと信じてた、
後で私たちが正しかったことがわかった――
強姦されたのは弟の方！――
それも、弟に罪を着せた男たちに。
だけど、私たちに何ができますか？

マストイ族は、私たちより上のカーストで、
地主、
だから、あの人たちの言うことはみんな、法律そのもの。
「ジルガ」――私の村の評議会のことです――
村の評議会の男たちが、この状況を話し合うために集まり、
私、ムクタランが、
弟のために許しを請うべきだ、と決めました。
それで弟が自由になれるなら、
私は喜んでそうする。

ムクタラン、歩き始める。

ムクタラン

黄昏時《たそがれ》、
私はマストイ族の農場に向けて
歩き始めた――
祈祷書を胸に抱きしめて。
父と叔父が一緒に行ってくれた。

私たちは高い壁に囲まれたマストイ族の屋敷に入った。
マストイ族の長《おさ》・フェイズ・ムハンマドと、
四人の男が、
ライフルを持って立ってた、
その後には、もっと大勢のマストイ族の男たち。
私は、
自分のショールを、
服従の印として、
下に置いた。

ムクタラン、地面に自分のショールを広げ、跪く。

ムクタラン
「宇宙の神、アラーを讃えん、
我らは最後の審判の日の、情け深き王、
アラーのみを崇め、
アラーにのみ助けを請う。

我らを正しき道へと導きたまえ……　アーメン」

そして、
私はフェイズを見て、言った――
「私の弟があなたの気分を害したのでしたら、
弟の振る舞いをお許しください、
そして、
弟を自由にしてくださいますよう、お願いいたします」
フェイズは狂気に満ちた目で私をじっと見つめた、
それで、私にはわかった！
フェイズは私たち家族を許さない、
フェイズは誰かをさらし者にしたいだけ――
そして、
いつものように、
それは女。

だけど、次に起きたことは、

私が夢にも思わなかったこと。

死者のためのヨルバの祈りが始まる。

ハフサット　（マイクに――まるで質問に答えるかのように）
……あの、あの日の朝早く、
ナイジェリアで何かが起きたって、
メッセージを受け取りました、
絶対にパパに関することだって私は思った。
兄がワシントンＤＣにいたので、
私たち全員、兄の家に集まり、
知らせを待ちました。

電話が鳴る――ハフサットが電話を取り、マイクを置く。

電話がありました、
姉のアイヨから。

アイヨの声　何か知らせてきた？

ハフサット　いいえ。

アイヨの声　あなたのママが事故にあったの。

ハフサット　（観客に）

私の母のこと、姉の義理の母。

私は心配なんかしてなかった、だって、ママはとても強い人だってわかってたから。

私は、どの程度の事故か、という知らせを待ってた、

私たちに何をして欲しいのか、知らせてくるのを待ってた――

また、アイヨが電話してきました――

アイヨの声　何か知らせてきた？

ハフサット　いいえ。

アイヨの声　ハフサット、あなたのママが亡くなったの。

ハフサット、受話器を置き、座る――動揺している。

ウルドゥー語の祈りとヨルバの祈りが混じりあう。

ムクタラン

四人の男が私の髪の毛と両腕をつかみ、
窓の無い部屋へ私を引きずり込みました。

馬小屋。
私は土の床の上に投げ出された……
あそこにいた唯一の動物は……
唯一の獣《けだもの》は……
あの四人の男だけ。
男たちに、放してほしいと叫んだ、
だけど、
一人の男が銃を取り出し、
他の男たちが私を押さえつけた。
一時間以上もの間、
私は強姦された、
あの四人のマストイ族の男たちに。

猟銃を持った男たちが、

父と叔父に外で待つよう、強要した。
今でも目に浮かぶ――
扉近くで、
どうすることもできずに
立ち尽くしている
父と叔父の姿――
あの男たちがやっている間中、ずっと、
代わるがわる、
一人、
また一人。

昼も夜も、
いいですか、
夜も昼も、
女の子たちはみんな、
私の身に起きたことの恐怖を抱えて歩いてる。
私たち、八歳になるころには知ってます――

男はどこでも好きなところで私たちを捕まえ、
暗い場所へ連れ込み、
押し倒すことができるって……
私たちの身体のなかに押し入り……
私たちの子供時代を、
私たちの未来を、破壊する。
家の中では安全だと感じられる——
だけど、外に出ると、恐怖が私たちを襲う、
昼も夜も、
夜も昼も。
まるでハゲタカが頭のすぐ上を飛びまわってるみたい——
歩いてるときも、
仕事をしてるときも、
遊んでるときも。
そして、アレが起きたときは、
どんな悪夢もおよばない。

ハフサット
ママは事故にあったんじゃなかったの、

単に暗殺されただけ。

母は民主化運動の協力者登録を行うために、
車でカナダ大使との会談に向かっていました。
一九九六年でした、父はまだ刑務所にいました、
だから母があの運動の「声」になっていました。

母が車で走っていると、
つけてきてた車が――
兵士が乗った車が――
追い越し、
母の運転手を撃った、
そして、
母を撃った。
頭を。
狙い撃ち、
ええ、そうよ。

でも、ママが、何が起きたのかわかってたかどうか、
私にはわからない。
だって、あまりにも急な出来事だったから。
あの、たぶんママは、
あの音はタイヤがパンクしたのかなって思ってたと思う、
そしたら、あいつら、
ママを撃ち殺した。

ムクタラン、その身をショールで包む。
村人たちは鞭打ちの刑を行うために、二列に並ぶ。
そして、その列の間を、ムクタランが歩いていく。

ムクタラン

男たちの用済みになった私は、外へ放り出されました。
服は破れ、私はほとんど裸。
私は地面に横たわっていました、
恥ずかしさを一人でかみしめながら。

叔父と父に助けられ、私は立ち上がり、
一緒に家まで歩きました——
何百人もの村人たちのそばを通り抜けて。
誰も、
通り過ぎる私に一言でも声をかける人は、
ただのひとりも、いませんでした。
村人たちはみんな目線を下げてるか、
嫌悪感で私を見つめてました。
いまの私は不潔で、破廉恥——
村の長老たち、家族や村人たちの目にはね。

馬小屋の床でのあの一時間が、
私の人生を破壊した……

祈りの声が、自然にドラムの音へと変わる。
村人たちは、デモ行進者へと変わる。

アイネーズ　百五十キロのバーントレット・デモ行進、最後の日、
デリーの街のすぐ近くの狭い道路。
待ち伏せ——

百人の男たちが、
右手側の丘から、
釘の入った、棍棒《こんぼう》を手に持ち、
下ってきた——
別の男たちは、
左側の川沿いを、登ってきた——
そして、
警官たちは、
男たちが私たちを攻撃できるように、
私たちの前と、後ろを、塞いだ！
人々は走り始めた、
叫びながら……
（再体験しつつ）

今、私は最前列にいる、
でも、私にできるのは——
歩き続けること、それだけ、そうでしょ？

ちょうど私たちがデリーに入るころ、
小さな狭い道で……
石が
私たちに向かって投げられた、
警官が道路を塞いだ、
だから、私たちには逃げ場がない！……
私は店の戸口から入ろうとする、
でも、もちろん、鍵がかかってる、
私が叫び声をあげる、
血が私の顔をしたたりおちていく……
店員たちは、店の中で立ってるだけ——
それにあの店員たち、笑ってる！
あの人たちは、私と同じ「出」なのよ。

て言うか、
どういう人間の集団であれ、
相手をあんなふうに貶《おとし》めるなんて、
非人間的でしかない！……

今、私は経験している、
私の内面から――
この、この屈辱からくる、
身がすくむような無力感！
私は殴られてる、叩かれてる――
棍棒のような重い枝を振り回す何人もの男たちに――

家に帰ると、
私の首や肩にはひどい青あざ。
私の家族はとても動揺していた、
でも、その後は、あの月並みなコメント――
あなたがあんなところに行かなければ、こんな目には遭わなかったのよ。

アイネーズ　突然、この私は一族のはずれ者になった。
私は一線を越えた。
あのデモ行進が、私の残りの人生の形を変えた！

デモ行進者たちの雰囲気が変わる――今は、一列になって行進している――
クメール・ルージュ・キャンプにいる難民たちである。

ソクーア　九年間の亡命生活の後、
一九八一年、
私はアジアに戻れる最初の機会に飛びつきました、
国際救助協会として、タイ―カンボジア・キャンプで働くためです。
私は自分のチームとともに、食べ物や衣類の支給品を届けに、
ジャングルの中まで出かけて行きました。
山の頂上にある、いまもクメール・ルージュが運営している
難民キャンプにたどり着きました。
難民たちは、私たちが持って行った支給品を受け取りに
キャンプの壁の外へ出てくるよう、命令されていました。

難民たちは、口をきくことは許されていません。
彼らは一列になり、
行進して、出てきました、
クメール・ルージュが着用するよう強要した、
黒のパジャマを着せられていました……

制服を着たクメール・ルージュの兵隊たちを見るだけで、
戦争を思い出します……
両親……
友達……
みんないなくなりました……
私はさよならさえ言えなかった。

黙っていることは、私にはとても辛い――
私はあの難民たちを解放したい！
私には、今、カンボジアで続けていかなければならない、
熾烈な闘いがある、

私はカンボジアの人々が回復する手助けをする！
私にはわかる、
今、この瞬間から、
私の人生は変わろうとしている！

行進している難民たち、その場でストップ・モーション。

ムクタラン

あの後、二、三日の間、
私は自分の部屋に閉じこもってた。
母が食べ物を持ってきてくれた、
だけど、誰も、
誰ひとりとして、
何が起きたのか——と、
話しかけてくる人はいなかった、
そして、私は、
誰とも話をしなかった。

私の国パキスタンでは、
女は他人《ひと》と
あんなひどいことについて話したりしない。
私は知ってた、
私以前に起きた、三つの強姦事件のこと。
一番目の女の人は、警官に苦情を訴えた、
だけど、その訴えは却下された。
二番目の女の人は、家にとどまると決めて、
二度と口にしなかった。
三番目の女の人は、自殺した。
農薬を一瓶飲み、一瞬にして死んだ。

（ますます興奮してきて）
「私も自殺しなきゃいけないの？」——って、
私は自分に聞いた。
パキスタンでは、
生きのびることは、

もっと臆病で、
もっと恥ずかしいことだって、
見なされてる——
強姦されることよりも。

だけど、私の心は、
私の家族でこの私に本当に死んで欲しいと思ってる人がいる——
なんて思えない——
特に母は——
母の目にはそう書いてある——
母が触れると、
私の痛みは母の痛みなんだってわかる、
母は私と一緒に苦しんでる、
私に生き続けて欲しいと願ってる。
だけど、
自殺しないのなら、
私は自分の人生をどうしたらいいの？

ファリーダ

難民キャンプにいる間中、
私は学校へ行き、学び、
父のようなお医者様になることを、夢見ていました。
でも、私たちはテントの外へは出て行けなかった――
行けば誘拐される、
軍司令部に売られてしまう。
学校の窓が撃ちぬかれ、
閉鎖されているのを見ました。
ついに、難民学校で初めて本を手にしたとき、
すごく嬉しかった、
その本はこの私に届けられたのよ、
アメリカのネブラスカ大学から……

俳優たちは再び動き出し、教室にいる子供たちと教師になる。

生徒たち

弾丸五個　カケル　爆弾五個　イコール　武器二十五個。
オレンジ色は、ロケット、

教師

青色は、スティンガー低高度対空ミサイル、
緑色は、カラシニコフ自動小銃。
次の質問の答えをノートに書きなさい。
一人のムジャヒディン、イスラムの戦士が、
四人のロシア人を殺したら、
何人のムジャヒディンが目をさまし、祈り、
その後、戦場へ行き、ロシア人を殺すでしょう？
ロシア人について、あなたはどう思いますか？
あなたの家を爆撃している飛行機の絵を描きなさい。
（絵を掲げる――スクリーンに映し出すのもよい）
この絵には、なにが描かれていますか？

一人の生徒

家が燃えているのが見えます。
男の人は怪我をしていて、
子供たちは火に怯えています。

ファリーダ

難民学校に
「暴力」というメッセージを届けるために、
何百万ドルものお金がつぎ込まれました。

ソクーア

母とは何か、
兄弟とは何か
――という授業はありません。
私の初めての学校は、
「戦士になれ」――という
プロパガンダでした。
私たちは国を修復するために、
西洋諸国から、六億ドル以上頂きました、
でも、どれだけ注ぎ込もうと、
魂を復活させることはできません。
戦争は決して終わらない。
まるで塩酸を人にかけるようなもの。
傷跡はずっとそこに残っている。
道路を作ることはできる、
田んぼから地雷を取り除くことはできる、
でも、顔を再構築することはできない。
どうすれば破壊されてしまった家族を、

ファリーダ
もう一度元に戻せるというの？
私たちはゼロから――若い世代から――
始める必要がありました――
私はね、
教育には「イエス」っていうの。
建物はとても簡単に建てることができる、
でも、まず「精神」を構築する、
それから、建物を建てる、
そうすれば、建物は精神において安全になるから。

マリーナ、「ドモストロイ（家庭訓）」という題名がロシア語で書かれた大きな本を持っている。
スクリーンには、「家庭訓」という文字が浮かぶ。

マリーナ
「たのむぜ、
女ってのは殴られないと愛されてるって思えないんだよ」――
「相談電話」の仕事を始めてから、

警察と話したとき、
警官たちはそう言ったの
――驚きました！
「男はあなたを殴る、それ故、男はあなたを愛している」
これは十六世紀のロシアの諺――
出典「ドモストロイ」家庭訓――
家庭をいかに営むべきか、という規則を、文書にしたもの。

ロシア語で書かれた規則が、一つずつスクリーンに表示される。

アンサンブル（規則ごとに、別の俳優の「声」で――）
「主人が一家の長《おさ》である」
「他の者はみな、主人の僕《しもべ》である」
「主人は、妻がさらに従順になるように、罰を与えなくてはならない」
「主人は、公の場に妻を連れていけなくなるため、
妻の顔を殴ってはならない」
「主人は、妻が妊娠しているときは、妻の腹を殴ってはならない」

「枝よりも鞭を使用する方がよい――
鞭の方が痛いので、妻にはよりよい教訓となる」
「殴ったあとには、どれだけ妻を愛しているかを示すこと
そうすれば、妻は学んだ教訓をさらに深く理解し、
主人にますます感謝する」

マリーナ
「男はあなたを殴る、それ故、男はあなたを愛している」
十六世紀以来、
これが言い訳だった。

アナベラ
父が私たちの小さな部屋を出て行ったのは、
私がたった三歳のとき、
でも、私はいつも、父のことを心から愛してた。
父は私と同じで、とても感情的、
ハンサムな男、
勇敢で、見るからに強そう。
でも、父の人生にはいつも問題があったわ――
酒と女。

私が十二のとき、父が私の家に来て――
「別の女ができた」って、母に話したの。
「これからおまえを彼女に紹介する。
だが、おまえは私の妻だと言ってはならん、
ただ、私の二人の子供の母親だとだけ言うんだ」
父がその女性を家に連れてきたとき、
ミ・マードレが言った――
「私はあのお方の子供たちの母親、それだけです――
私たちには関係はありません」
私は怒り狂ってた。
「パパもママも、二人とも、
この件では罰を受けることになる、
だって、二人とも真実を話してないからよ！」
そして、私は愛する母に言ったの、
「ママには女としての威厳がない！」

ムクタラン

一つの思いが
他のものをみんな遠くへ押しやりました。

もしかしたら、この私が、
私の国の女の人たちを、助けられるかもしれない。
そう、そうよ、できるかもしれない……
そう、私はこんなふうに考えてました――
私の強姦はマストイ族の悪の陰謀だっただけじゃなく、
命令だった――と、知ったときです――
命令！――
部族の長老たち、
公正な裁きを行うべき長老たち、
すべての女の人たちを自分の娘のように守るべき長老たちの、
命令だった！

私が強姦されるまでは、
女の子たちは街中で誘拐されてました、
男が女にセックスを強要してました――
だけど、今回は、評議会全員が、
私を集団で強姦することを、決定したんです――

長老たちは「名誉ある復讐」って呼んでました！
「イスラム教は女に対する暴力を支持する」なんて、
コーランのどこにも書かれてません。
だから、「イマーム」、イスラム教の導師が、信徒たちに、
金曜日のお説教で話をされました──

イマーム

村の評議会は、イスラムの法に反する行為を命令する──
という、大きな罪を犯しました。
この強姦に関与した犯罪者たちは、
法に基づいて裁かれなければなりません。
ムクタラン・マイとその家族は警察へ行き、
即刻、告訴の手続きを行うべきです。

ムクタラン

私は、憲法というものが存在することも、知りませんでした、
それに、この私がパキスタンの市民であるということも、
そして、市民には、たとえ女でも、法的権利があることも。
私は生まれてから一度も、
弁護士や
裁判官や

警察官と
話したことはありませんでした。
だけど、このムクタランは、
マストイ族の前に跪いた女と、同じではありません。
いまは、
何が起きても、
私ははっきりと自分の意見を言うのです。

電話が鳴る――ハフサットが電話に出る。

ハフサット　（電話に）
どこの新聞社――
と、おっしゃいました？

新聞記者　ニューヨーク・タイムズ。
あなたのお気持ちは？

ハフサット　失礼ですが――

新聞記者　何に対する気持ち？
ハフサット　ご存知ないのですか？
新聞記者　はい。
ハフサット　なんでしょう？
お父様が亡くなられました。
あなたは間違ってる。

電話を切る――心を痛めて。

ハフサット　あの人は間違ってなかった。
父は、亡くなりました。
父は、四年間、独房に監禁されてました、
選挙以降ずっとです。
父は、あと数日で釈放されるはずでした。
父は、米国国務省とナイジェリア政府職員との会議で、
亡くなりました――

おそらく、毒殺。

父の大統領選挙キャンペーンは、
「九三年の希望――
　貧困よ、さらば」
当時、私たちの国は
指導者の腐敗により、世界中で最も貧しい国でした。
ナイジェリアの歴史で初めて、
人々がその男に投票したんです。
その男の約束に。
でも、軍事政権は退きたくなかった。
彼らは、父に
金を、
油田へのアクセス権を、
提示した、
でも、彼らは、
父が受け入れる対価を

見出すことはできなかった。
父は、
ナイジェリア人が託した民主主義統治を、
裏切りはしなかった。

彼らは、父の命を奪った。
ママと同じ。

ムクタラン

強姦の八日後、
ジャトイ村の警察署まで行きました――
何キロも離れた村へ――
父と兄弟たちが付き添ってくれました。

警察署に入り――

私が入っていくと、
その警察官は、机の前に座ってました。
警察官は、顔をあげて私を見ようともしませんでした。

警官　で？　何言いに来た？　あんたの訴え？

ムクタラン　私は……

フェイズ・ムハンマド……

マストイ族の……

長老が命令しました……

四人の男に――

私を強姦するように。

警官　やめろ！　そんな訴えはありえない。

自分は強姦されたなんて、言ってはならん！

――私らは何が起きたのか分かってる。

警官、一枚の紙をひらひらとさせる。

警官　おまえはただこれに署名すりゃいい。

ムクタラン　だけど、私……

私には……

――何が書いてあるのか、わからないから。

警官　（ムクタランの手を摑み）
私らはわかってる。署名しろって言ってるだろ。
ムクタラン　できない――
私は書き方を知らない、自分の（名前）……
警官　それで？
親指の指紋を使え、
他の女と同じようにな！

他の女性たちがムクタランの周りを囲む――警官がムクタランの親指をスタンプ台に、その後、ページの下部に押しつけるのを、見つめている。
この時点以降、女性たちは他の女性たちと、各人の台詞や返答のなかで、時おり交流し始める。

ムクタラン　この時、
なぜ私たちには知識が必要なのか、
私、わかりました。
もし教育を受けていれば、

自分の権利のために闘うことができる。
だけど、読み書きができないと、
どうやって自分の身にふりかかる不法行為を
止めることができますか？
何が起きたのか、私たちにはよくわからない。
もしかしたら永遠にわからないかもしれない。

ハフサット

正直な話、「両親がどうやって死んだか」は、
私にはそれほど重要ではないの。
最も重要なことは、「両親がどのように生きたか」よ！
この私は両親の遺産を引き継いでるの。
私の組織は、ママにちなんで「クディラット」と名づけた。
アラビア語で「力」という意味よ。
私は若い女性たちに、
彼女たちだって「力」を持つことができることを見せよう、
そして、
どうすればその「力」を取り戻せるかを教えよう、って

働きかけてる。

スクリーンには——雨、果物畑や野菜畑——その後、雪、海……
ラーマーヤナの音楽。

ソクーア

いま、再びプノンペンに住むようになり、
子供の頃の記憶が、洪水のように甦ってきます——
ここは、私が自転車の乗りかたを覚えたところ、
あそこが、私が泳ぎを覚えたところ……
土砂降りの雨が道路を水浸しにしたとき、
弟のソグ・リーと私は、
我が家の三階のバルコニーにある大きな瓶に入れる魚を捕まえたの。
私、よく母について
プサァ・ティメイ——大きな黄色い中央市場——へ行ったの、
その市場じゃ、野外にまで屋台がこぼれ出ていたわ。
ずらっと店が並んだ長い列を散策するのが大好きだった、
巨大な山のように積み上げられた魚、果物、そして野菜。

アナベラ

私はキッチンで多くの時間を過ごしていた、
母が料理をするのを手伝っていたの。
夜には、ラジオでオペラを聞いたわ。
ラーマーヤナの音楽が、何時間も流れていた。
兄は昔、私たちが住んでた「ゾナ」――
私たちの地域を囲んでいた塹壕のような大きな穴のなかで、
遊んでたの。
兄は学校が好きじゃなかった。
私はいつも考えてたの――
勉強しなくてはって。
準備しなければって。
私、母に話したの――
いつか、私は「ラ・ギーレ・シーヤ」――回転椅子を手に入れる、
そして、大勢の人間を私の指揮下におくって。
母は笑ってこう言うの――
「エスタ・ビアン・パラ・ソニァール」――夢見ることはいいことよ！

マリーナ

いま、私は当選三度、
そして、座ってるわ——
私の回転椅子に！
父は軍のパイロットでした。
母は看護婦。
私、ほとんどはロシアの北部で育ったの、
北極圏でね。
ムルマンスク。

冬には、
友達とスキーに行った。
私たちにとって、野生の森を三キロ、五キロ、歩くなんて、
普通なの。
本当よ、
私たちに怖いものなんてなかった。
夏は、
黒海の海辺に住んでいた祖父母と一緒に過ごしたわ。

嵐の中で泳ぐこと、
大波の下で飛び跳ねること、
できるかぎり遠くへ、
ほとんど岸が見えないほど遠くへ、泳いでいくこと——
こんなの、私には
普通のことだったの。

私は初めての孫、
初めての姪っ子、
誰にとっても、
なにもかも、
「初めての——」だったの、
だから、やまほど注目を浴びてたわ。
とっても気に入ってた。

幸せな子供時代をすごしていると、
大人になったとき、人はそれが

「普通」だと思うの。
気づかないのよ、
あの、
世の中には「違う世界」があるってことに……

――（スクリーン）真っ赤なケシの花畑――その中から、ファリーダが現れる。

ファリーダ　アフガニスタンとの国境に沿って歩いていると、
たくさんの赤やピンクの花が見えるの――
道路の両側にね。
それで、私は思うの――
ああ、私の国はとっても美しい。
それから、その花は、
アヘンを採るためのケシだって、気づいたの。

見えるの――
男たちと一緒にケシ畑で働いている女たちが、

ミルクが出てくるまで茎を切ってる。
そして、
アヘンが吹き抜けていく、
女たちのドレスを、
髪を、
口を――
女たちが中毒になるまで。

北部では、
母親が子供を落ち着かせるためにアヘンを与えるの、
そうすれば、母親たちは、一日十時間、絨毯を織れるからよ。
そうやって、子供たち自身が中毒になっていく。

だから、私たちは、
彼女たちに、アヘンの影響に気づいてもらおうとしているの。
アヘンがいかに彼女たちを破壊するかをね！

ムクタラン
私は判事の前に連れていかれました。

判事はどんなに私が疲れてるかに気づき、
コップ一杯の水を持ってきてくれました。
それから、判事は私に――
「馬小屋で起きたことは、
どんな些細なことでも、すべて説明するように」
――と言われました。
私は判事に、
自分の母にも言わなかったことを話しました。
私が法廷を出て行く前に、判事に言われました――
「しっかりと、勇気を握りしめていなさい」

次の日の朝、私が目を覚ますと、
私の家の外は大騒ぎでした！
犬たちが吠える声、鶏がわめきたてる声――カメラのシャッター音とフラッシュ。

ムクタラン　レポーターたちが私に呼びかけてました――

婦人団体、人権団体――
世界のありとあらゆるところから。
パキスタン人権委員会が徹底した調査を要求し、
マスコミは私の訴訟を支持してくれました。
だけど、私を強姦した容疑者たちは、
こういうことすべてを笑いとばしてる――と聞きました――
彼らは「馬鹿げてる」と思ってる――
貧しい農民の女が、
地主であるマストイ族の影響力と闘おうとするなんて
馬鹿げてるって！

アナベラ

グアテマラでは、
警察も、
官庁も、
司法機関も、
最高裁でさえも、
腐敗してるの。

二〇〇一年、
レジェス副大統領は、
国立印刷所を利用して、
彼の支持者のために、偽の身分証明書を印刷させた――
そうすれば、支持者が何度も投票できるからよ。
印刷機械を操作する男が声をあげたら、
彼の奥さんと娘さんが、攻撃された。
重要な証人が証言することに同意したら、
射殺された。
それで、私が副大統領を公然と非難したとき、
アメリカの州機構が、政府に対して
私に警護をつけるよう、命じたの。
毎日、
朝、四人のボディガードが家に来て、
夜まで、私と一緒にいてくれたの。

アイネーズ（まるでその現場を見ているように）
バリマーフィー――

ここは、その当時も、
今も、
ウェスト・ベルファーストではもっとも貧しい居住地区——
その地区の小さな福祉事務所に、
七〇年代の初め、
私は配属されました。
意図的に——よ、
私と、私の友人二人、
ほとんどトレーニングもされていない、
若いヒッピーの、
プロテスタント信者の、三人の女たちを、
アイルランド共和国軍と
イギリス軍が
銃撃戦をやっている地域の、
カラッポのアパートに配属?
明らかに、
あの人たちに事務所を閉鎖させる口実を与えるために

計画されたこと。
そのことを、私たちは知らなかった。
私たちは知らなかったのよ、
なんにも！

私たちは、「福利＝妖精」として知られてたの！
私たちがやっていたことは——
あの、誰かが事務所にやってくる——
二人の障害児を持つ女性、
しかも、妊娠してる、
夫には仕事がない——
なのに私は
この女性に「不備な点」について、
アドバイスしようとしている。
わかります？
だから、私たちは、食料品の引換券を山ほど発行したの、
他の物の引換券も、

だから、突然、この事務所の経費が、
ゼロから（擬音）**ブ〜〜〜ン**！
私たちは突然転勤を命ぜられた。
私たちの事務所は（嘲るように）危険すぎる！

私たちは、ただただ仕事に通い続けた。
そしたら、誰かに
「組合に入ったほうがいい」、と言われた。
だから、組合に入った！
私が「福利＝妖精」の労働者代表に選ばれた、
私たちたった三人だけのね！
それから、
「もっと組合員を募るように」、と言われた。

でね、誰も気にかける人はいなかったのよ――
パートタイムの病院清掃員、

給食職員――
息子を助けるためなら戦車の前に立ちはだかり、
刑務所の鉄格子を揺さぶり落とす女たち、
でも、ボスとは戦わない――
自分たちは無力だと感じているからよ、
わかる？
で、
私は、組合をどんどん作り、
彼女たちは、組合にどんどん入ってきた。
彼女たちがストライキをすると、
まともな人間はみんな店を閉め、
巨大なピケラインに加わった！

アイネーズとアナベラ、そして、各人が率いる労働者たちが、挑戦的な隊列を組み、手をつないで立っている。

二つの組合闘争が交じり合う。

一人の俳優が北アイルランド（アイネーズ）とグアテマラ（アナベラ）のボス役を演じる。

アナベラ　（ボスに）
あなたが
こちらの空港職員たちを
クビにする理由はなんです？
この人たちの前で、
わたくしにご説明ください。
ボス（グアテマラ）　私たちは空港を建設している。
その人たちがやっていた業務は、もう必要ない。
アナベラ　この人たちは、この空港で、
三十年、働いてきたのよ、
なのに、あなたはこの人たちを
クビにするの？
いいえ、
あなたはクビになんかしない。
この人たちには、家族がいるの。
子供たちがいるの。

アイネーズ　この人たちには、仕事が必要なの。

（ボスに）

病院の清掃予算をカットしたい？

なぜ？

ボス（北アイルランド）　経営状態を良くするためには不可欠だ。

アイネーズ　あなたの年金、

あなたの福利厚生も、

カットされるの？

だって、あなたたち百人分の経費は、

この女性たち一万人分よ！

アナベラとアイネーズ　反対！

この人たちが仕事を続けられる方法を、

あなたが、考えてください！

沈黙——ボスがお手上げだと諦めるまで。全員、歓声をあげる。

アイネーズ　私の仕事の大半は、
こちらの女性清掃員たちからもらいました……
狙いは——
無力な側にいる人たち、
社会の底辺にいる人たち、
「見えない人たち」を、
「変化を起こす一員」になれるようにすること！
それが、
彼女たちの自分を見る目を変えさせる、
そして、
あの——それがすべてを変える——
そうでしょ!?

アナベラ　私の国では、
貧困は女の顔をしているの。
女たちが最も被害を受けた人口、
教育程度が低い。

私と女性国会議員十三名は、
女性のためのプログラムの改善を目標とする
一連の法案を提出したの。
投票になると、
議会にいた男たち、
トイレに隠れたのよ。
私がドアをあける、
他の女たちが突入し、
ひとり、ひとり、引っ張り出す！
男性党員は、
こういうことはもう二度とやらないって、
私に約束させたの。
でも、
法案は通ったわ！

ムクタラン

強姦の犯人たちは笑うのをやめました、
裁判所が巨額の罰金の支払いと、
死刑を宣告したからです。

またニュースが
ありとあらゆるところへ、とんでいきました――
私の国中へ、海外へ。

ある日、
私は地方事務所に出頭するように、と言われました、
そこで、五十万ルピーの小切手を渡されました――
およそ八千ドル――
政府の大臣から――
女の大臣から！
大臣は、
これは私の痛みに対する和解金だ、
と説明しました、
だけど、
たぶん、賄賂でもあると思う、
私の沈黙に対する賄賂。

小切手を返そうとした、ちょうどその時、
突然、
私は神様が私を通して語られるのを感じました。
「私にはお金は必要ありません。
必要なのは学校です」
——と、私は叫びました。
「私の村に、女の子のための学校を。
女の子たちは、読み書きを覚えなければなりません、
市民としての権利を学ばなければ。
私を助けてください」
私は女の大臣に懇願しました、
彼女が受けた教育の恩恵を受けている、女の大臣に。
「私が学校を作るのを助けてください」
女の大臣は、
私がそのお金をどう使おうとかまわない——と言いました。

私の新たなる情熱が始まりました、

ハフサット　私の人生の使命が――。
ナイジェリアには、
人々が集い、自分たちの村の物語を聞く
――という、文化があります……
「月の光の下で物語を」。
だから、一つ、お話をさせてください。
本当にあったお話。

ザネブという名の女の子のお話。
私が初めて会ったとき、ザネブはまだ十五歳でした、
初めてザネブが私の事務所に駆け込んで来たとき――

少女がハフサットのもとへ駆け寄る。

ハフサット　細くて、ようやく私の肩に届くほどの背丈、
風に吹き飛ばされそうに見えた。
そしたら、ザネブの口からほとばしり出たの――

ザネブ

言葉が！
わたくしの両親、両親がわたくしに、
「サウジアラビアにいる年老いた男と結婚してほしい」って言うの。
両親は、わたくしが生まれたときに、わたくしをその方と婚約させたの。
わたくし、両親に言いました――
「いやです！」
わたくしは大学に行きたい。
わたくしはあんな男と結婚しない。

ハフサット

「結婚しなければならない」
――と両親は強く主張した。
そして、
両親は彼女をサウジアラビア行きの交通機関に乗せるために、
ニジェールに連れて行った。

ザネブ

待って！
こんな姿のわたくしをご主人様に会わせたいのですか？
いやです、
もし行くのなら、わたくしはこの髪を整え、

ハフサット　ご主人様のために綺麗になりたい。
両親は同意し、
ザネブを美容室において帰った――
なぜかって？
知ってるでしょう、
アフリカの女性たちがしている、
小さな小さな三つ編み――
ザネブとハフサット　(互いに微笑みをかわしながら)
あれって、
何時間もかかるの！
ザネブ　そのとき逃げたのよ、わたくし！
ハフサット　そして、ザネブは私たちのところへ来た！
私たちは、住む場所と、学校へ行く基金を提供した、
そして、一年かけて、
私は彼女の両親と話をし、
ザネブの夢を理解してもらえるよう、手助けした。
ザネブ　両親はわかってくれない。

ハフサット

わたくしが両親を辱めたって言う。
ザネブは両親と和解したいと願ってる。
それで、
私たちはご両親に敬意を表すよう努めるべきだって決めた。
イスラム預言者生誕の日、
ザネブと私は——

ザネブ

ハフサットとわたくし、
わたくしたちは——
一緒に、わたくしの家族の屋敷へ出かけて行った。
沢山の人たちが屋敷に集まって、
コーランを読んでいる、
その中へ、
わたくしたちは入って行った。
みんな、わたくしたちをじっと見つめた。
わたくしたちは、跪き……

ふたり、跪く。

ザネブ　ハフサットが言った——

ハフサット　「お二人のお嬢様に代わり、お嬢様がご一家にもたらした辱めすべてを、お詫び申し上げます」

ザネブ　父はじっと見つめてた、
でも、
何も言わない。

ハフサット　お願いです。
ザネブはいずれこちらに戻り、
みなさまの地域のお力になります、
ザネブが医者になれた日には、必ず……

ザネブ　でも、
父はただじっと見つめるだけ。
全員同じ。
沈黙は恐ろしかった。
そしたら、突然——

ハフサット　突然、

ザネブのお父様が手をさしのべ——

ザネブを抱きしめた！

ザネブ　抱きしめたの、

わたくしを。

わたくしはものすごく幸せでした。

ハフサット　そして、

このザネブの物語は、

遠くまで、

ありとあらゆるところへと、

広まっていった。

この物語は、たくさんの若い女の子たちに刺激を与えた、

彼女たちだって、自分の人生を選ぶことができるってね。

ソクーア　私の人生は、曲がりくねった川のようなもの。

そして、いつも、

いつも、曲がるのよね、この川は。

私は今では野党政党の事務局長、
次の選挙で、国会の議席を獲得しようとしている。
うちの政党の印が、
クメール・ルージュの最後の砦に堂々と掲げてある。
地雷はいまでも田んぼや森に埋まっている、
マラリアは蔓延している――
私は農村部の女性指導者たちを率いて、
四百八十の村にある、
女性のいるすべての世帯に、
私たちの民主主義と正義についてのメッセージを届けている。
その道すがら、
聞くのよ――
別離の物語を、
飢餓の、
恐怖の物語を……

私ね、

選挙遊説に出るのが大好き。
オートバイ・タクシー、
牛車、
ボートで川を渡り、
寺院を訪ね、
農民たちと話をし、
イスラム社会を訪れる……
この歳になっても、
私はまだ自分の国について発見しているの。

ムクタラン

もしもカンボジアの人々が変化のために戦うなら、
野党が新しい政府になれるわ！
私は野原に学校を設立し、
家々を訪ね、
「どうかおたくの娘さんを学校へ来させてください」
とお願いしてまわります。
毎日、ノートと鉛筆を持って学校にやってくる小さな女の子たちが、少しずつ増えていきます。
女の子たちは、
算数、
社会、
英語のアルファベット、
ウルドゥ語、
そして、コーランを、勉強します。
だけど、
私たちは、女は男と平等だ、ということも教えます、
そして、
私たち全員が人間であり、
社会では敬意をもって扱われるべきなんだ、って！
意見を異にする者たちを尊敬するとき、
人は本当に人権を認めることになる……

アイネーズ

最近、
イスラエル人の女性と、

パレスチナ人の女性が、
平和を構築するための意見を交わし、
戦略を考案するために、
北アイルランドを訪れました。

最初に二人が到着した際、
テンション、
恐怖、
そして、
怒りの匂いがした、
感じられた。
北で三十年以上も闘争を重ねてきた結果、
私は学びました――
自らの痛みに溺れてはならない、と。
自分自身の人間らしさに、余裕を残しておく必要がある――
他人の痛みに気づけるだけの、余裕を……
愛に囲まれて育っていると、

マリーナ

その愛を他の人々と分かち合うだけの
内面的な自由を、与えられてるの。
その愛を分かち合う
内面的責任を、
そして、
分かち合う能力を、
与えられてるの。

ファリーダ
難民キャンプで、
私はノルウェー教会支援事務所で働いていました。
私たちは、暴力の代わりに平和のメッセージを広める
「虹」という子供向けの小さな雑誌を
支援していました。
そしたら、
男が事務所にやってきたのです……

男
あのさ、表紙のこの虹、
ここに鳩がいるだろう。
それに、この二つの手、

これはキリスト教のシンボルだ。
これには政治問題が示されてる。
こいつらは、人民がキリスト教徒であることを望んでる。

ファリーダ　私はイスラム教徒です、
私はここで働いています、
だれも私にキリスト教徒になるよう無理強いなどしません。
私たちはひどく苦しんでいる人たちのために働いています、
それだけです。

男　私はイスラムとパキスタンの諜報員を知ってる。
彼らは私を支援してくれてる、
この私も諜報員だ。
この雑誌をやめないなら、私があんたたちの事務所を破壊する。
私には何でもできるんだよ、あんたたちに、
あんたたちの家族にな。

ファリーダ　私はここにいます、
あなたが私に対してできることがあれば、なんでもおやりなさい！
私の仕事は貧しい人たちのため、

男

あなたは貧しい人じゃない、
だから、ここから出ていって！
あんたには必ずまた会いにくる。
私があんたにできることはやってやる！

ファリーダ

あんたが二度とアフガニスタンに戻ることはない。
（男から後ずさる——明らかに怯えている）
あの男は電話をかけてきました、
何度も何度も、
毎日毎日——
あの時です、
子供たちの安全のために私はアフガニスタンを離れるべきだ
——と言われました——
そう、
これが、私の仕事。

電話が鳴る。
マリーナ、電話に出る。

ストーカー　(電話に)
マリーナ？
マリーナ　そうですが。
ストーカー　あなたのマンションの入り口は、とっても暗い。
マリーナ　失礼ですが、どちらさま？
ストーカー　あなたの仕事の影響を受けた人間だ。
マリーナ　わたくしはあなたの奥様を助けたのでしょうか、
それとも、ガールフレンド——？
ストーカー　それは関係ない。
私はあなたがどこに住んでるか、知ってる。
あなたの息子がひとりぼっちで通りに出ているのが、
怖くないのかね？
マリーナ　(全員に)
誰かが私の心臓にナイフを突きたてたって気がした。
あの男は、私の息子のことを知ってる。
これが数カ月、続いたの。

電話が鳴り続けるなか、マリーナは話しを続ける。

マリーナ　私、ピーターには自宅の電話に出るなって言ってあるの。
私の両親に毎日息子を学校へ迎えに行ってもらってる、
でなければ、友だちのところへ行かせてる、
息子は決して、
決して、
一人になることはないわ。

ストーカー　（マリーナの台詞の背後で、途切れることなくくり返す）
息子が心配じゃないのかね？　**ストーカー**　心配じゃないのかね？

マリーナ　建物の中に入るのが怖い。

ストーカー　あなたのマンションの入り口は、とっても暗い。

マリーナ　時どき私、祈るの——
エレベーターがすぐに一階におりてきてくれますように——って。
そうすれば、
すぐに駆け込んで、上に行けるでしょう。

ストーカー　（同時に）
誰かがあなたの背中にナイフをつきつけるとしたら。
あるいは、もっと悪い、
針を――
誰がやったのか、
誰にもわからない。

女性たちは舞台上の各人の位置についている。
次第に各々の言葉が重なりあい始め、女性たちは互いに近づいていき、一つの共同体になる。

アナベラ　男たち、
ものすごく強い男たちが、
うちの事務所に私を探しにきた。
男たちはスーツとコートを着ている、
銃を隠すためよ。
「我々はアナベラを探している。

リストに載ってるんでね。
我々はアナベラが死ぬ日を知っている！」

ムクタラン　私は死の脅迫を受けた。
政府は私のパスポートを無効にし、
私が国を出るのを禁止し、
私を自宅監禁にした。

アイネーズ　私の車は包囲された、
兵士たち、落下傘降下兵――
車のドアが荒々しく開けられた。
私は引っ張り出され、
車の上に投げ飛ばされた、
兵士たちは叫んでた――
おまえは誰だ？
おまえは何者だ？
おまえは、何を運んでる？

アナベラ　警察が私を追いかけ回し始めた。
いつも猥褻《わいせつ》なふるまいばかり――

アイネーズ　「車を止めろ！」
兵士の一人が、銃を私の両脚の間にピタッと突きつけ、叫んだ――
「このあばずれ女――」。

ムクタラン　ムシャラフ大統領が言いました、
「ムクタラン・マイ事件以来、
女が百万長者になるには、
強姦されて、
マスコミにその話をすればいいだけだ」

ファリーダ　アフガニスタンのヘラートでは、
三百人の女性が、焼身自殺しました。

アナベラ　私のアドバイザーが拷問を受けた。
奴らは彼の指を折り、
両手に火を放ち、
両目をくりぬいた、
そして、
彼を絞殺した。

ファリーダ　彼女の顔や首筋に、夫が塩酸をかけました。

マリーナ　その女性は赤ちゃんを自分の身体で覆い隠したのよ、
それでも、彼女の夫は彼女を殴り続けたの。
彼女は離婚を求めた、
でも、夫はこう言ったの――
「おまえを殺す、
そして、みんなに
『おまえは別の男と逃げた』と言ってやる」

ファリーダ　彼女が虐待されていたとしても、彼女に選択の余地はありません。
「あの家から出られるのは、
死んだときよ！」

アナベラ　**ハァッ**、なによ！
私はこの闘いで死んだってかまやしない。
私には山ほど有力な「敵」がいる――
だって、
腐敗と闘う人間は、
「友達」は多く作らないからよ。
ハァッ、ときどき私は悲しみを感じるの、でも、私は国会議員であることを誇りに思う。
それに、私は誇りに思うのよ、
私が死んでないってこともね。
最終的には、
私の父は、命を捧げた。
これは——
「無力だと感じている人々に与える非常に力強いメッセージ」だと
私は思ってる……
「自らの意見は高潔なものである」と知らしめるのに、
高すぎる代償はない……

ハフサット

私の母——
母はナイジェリアにおいて、
不正に耐えることを拒否した、
だからこそ、
母の魂は今も生き続けてる。

風の音。

ファリーダ

母国から遠く離れてしまったいま、
子供たちを連れて、
母国の東部で最も辺鄙な地域を歩いている夢を見るの——
道路がない地域。

年老いた女たちが私に呼びかける——
「ファリーダ、
おまえさん、ここじゃあ、ブルカを着なくてもいいんだよ」
この村では、
私たちは、
本当に安全。

女たちは問題を解決するために、
表に出てこようとしている。

全員、ファリーダのまわりに集まる。
舞台（スクリーン）上に、白い薄片（白い薄片紋様）が降ってくる。

ファリーダ　それから——
たくさんたくさんの小さな紙きれが、
雪のように降ってくる夢を見るの——
私が手を差し伸べると、
それは私のための祈り。
ものすごくたくさんの女たちが祈ってる——
この私が死なないように、
私に危害を加えようとするもの、
私のこの心を打ち砕くものから
逃げられますように——って。
太陽が昇る前の黒い風のよう。
私は、
ひとつ、
ひとつ、

マリーナ

祈りを読む、
そうすると、
私に力が戻ってくる――
こんなふうにして、
私たちは生き延びていくのです。
散歩するのが一番好きなときって、
信じられないかもしれないけれど、
雪が降っているときなの。
雪が赤の広場のまわりを美しくしてくれる。
あの時間が、私自身を取り戻す時間。
私自身とほんの少し調和するための時間。
自分自身と調和していなければ、
これは取り組むには難しすぎる仕事だからよ。

私が始めた頃、
一九九三年には、
私一人だけだったの、

「相談電話」も一本だけ。
いまは、百六十の
「相談電話」、
避難所、
団体があるの。
ネットワークがあるの。
三つの学校を、パンジャーブ地域で開校しました、
その学校は、
女の子だけではなく、
男の子のための学校でもあるの、
だって、男の子も学ぶ必要があるから——
イスラム教の、イスラム法の下では、
女には男と同じ権利があるって。

ムクタラン

そして、ミールヴァラ、
私が自殺しかけた場所には、
本物の校舎を建てました、

マリーナ

図書館と
教室が六つあります。
さまざまな種族の子供たち、
高いカースト、低いカーストの子供たちが、
来ています——
グルジャラ族の男の子たちも、
それに、そう、
マストイ族の男の子たちでさえ、
受け入れています。
物語をひとつ——
私たちがよくトレーニングで使う物語。

青年が川ぞいで働いていました、
突然、子供たちが溺れかけているのを見つけたの。
その青年は川の中に入り、子供たちを助け始めました。
別の青年も、近くで働いていました、
この青年が尋ねたの、

「何してるんだ？」
最初の青年が言った、
「子供たちを助けてる。
力を貸してくれ」
それで、その青年は川に入り、
子供たちに泳ぎ方を教え始めました。
そこへ、三人目の青年が通りがかりました。
その青年は背を向けると、走り出したの。
川の中にいる二人の青年が言った、
「待って、
俺たちには君の力が必要なんだ！
どこへ行く？」
三人目の青年が言った、
「僕はこの子たちを最初に川の中に放り込んだのが誰なのか、
知りたいんだ！」

今、私たちは、

アナベラ

助け出し、
教育している、
でも、
私たちはまだ、原因と取り組んではいない。
だから、
もっと深めていかなければならないの。
私は朝、ものすごく早く起きる。
シャワーを浴びる、
そして、美容院へ行く。
虚栄心のためじゃないわよ。
私の見た目はものすごく大切なの、
だって、私はプエブロ族のために
「良い顔」でいなければならないから、
だって、プエブロ族は、
プエブロ族のために声を上げている私を、
頼りにしているのだから。

私、子供の頃、自分に約束したの――
私は、母、兄、そして私を、
この貧困から抜け出させる、
そして、
この小さな暗い部屋から出て行く――
それから、
グアテマラの女たちを、貧困から抜け出させる――
沈黙する女たちを、
そして、
なんの価値もない仕事をする男たちを、抜け出させる。

「黙ってちゃダメ」――
って私は言うの。
これ以上、もう沈黙はなし！
私は、
私自身が作った学校の、最初の生徒でした、
今、私はその学校の五年生。

ムクタラン

これからの人生で、
私は、二度と、私の親指を使わなくてもいい、
宿題に自分の名前を署名するためにも――
それとか、
他のどんなことにも！

用紙あるいはスクリーン上に書いていく――ウルドゥ語で、そして、英語で。

ムクタラン

ムクタラン。
力強い。
誇り高い。
ムクタラン。

ファリーダ

ペルシア語の諺があります――
「どんなに山が高くても、
頂上へ向かう道は必ずあり、
必ずたどりつける」

ハフサット　私たちは休んでちゃいけない、
私たちはベストを尽くしたって考えちゃいけない。
それは、
私たちのベストじゃまだ足りないってことだから。
本当にステップ・アップする必要があるから。
女性こそが、
アフリカの最も偉大な、
未だ開発されていない資源。
私たちが未来なの！

アイネーズ　「平等の権利」を、
すべてのものごとの「核」に据えれば、
すべての人間が交渉の席についていることを、
確認しなければなりません。
誰がいないのか、
誰の声が届いていないのか、
あなたたちは見極めなければなりません。
そして、

あなたたちの力で、
それを変えるのよ。

ただ、小さな一歩を踏み出し、
前進するだけ。
最初の一歩が、
巨大な一歩よ！
（じっと考えている）
……とっても孤独な道、
でも、その道すがら、
スゴイ人たちに出会うことになる。

ソクーア

毎日、
私は女性を見ています――
ビアガーデンでビールを運んでいる女性、
売春婦、
衣料品工場の工員――。
彼女たちは

私の姉であり、
妹、
私の友達、
私の先生。

みなさん、お聞きになります――
「あなたはどうやって朝、目を覚まし、
まだその仕事をすることができるの、
二十五年もやっているというのに？」
私は答えます――
「やるしかないのです、
声を持たない人たちが、
声をあげられるようになるまでね」

突然、電話が鳴る。
舞台にいる女性たちが、本能的に電話に手を伸ばす、
そして、そのまま動かない。

電話が鳴り続けるなか、
照明がゆっくりと落ちていき――
暗転。

――幕――

＊「SEVEN・セブン」世界初演版（二〇二一年）

七人以外の登場人物の配役（参考資料）

ポサダ夫人	ソクーア
電話相談者	アイネーズ
質問者1	ムクタラン
質問者2	ハフサット
親戚	マリーナ
モニー	ムクタラン
女性1	ファリーダ
女性2	アナベラ
隣人	ソクーア
アイヨ	アイネーズ
生徒	ムクタラン、ハフサット
教師	アイネーズ
イマーム	ファリーダ
新聞記者	ソクーア
警官	アナベラ
ボス	ファリーダ
ザネブ	ムクタラン
男	アナベラ
ストーカー	ハフサット、ソクーア

7人の女性の
7つの人生の物語

モノローグ

「SEVEN・セブン」創作のための参考作品

橋	マリーナ・ピスクラコヴァ＝パルカ（ロシア）
十九のプロング（十九の魂）	ム・ソクーア（カンボジア）
もう沈黙はなし	アナベラ・デ・レオン（グアテマラ）
別の国に出会って	アイネーズ・マコーミック（北アイルランド）
夜の風	ファリーダ・アジジ（アフガニスタン）
ハフサット・アビオラ	ハフサット・アビオラ（ナイジェリア）
ムクタラン・マイの拇印	ムクタラン・マイ（パキスタン）

橋

ポーラ・シズマー
PAULA CIZMAR

マリーナ・ピスクラコヴァ＝パルカ（ロシア）との
インタビューに基づくモノローグ

〈登場人物〉

マリーナ・ピスクラコヴァ＝パルカ

ロシア人。
思いやりがある、教育を受けており、運命感を伴うインテリ。
強い、しかし、機転と論理を駆使し、さらに心を開くことで穏やかに活動している。
四十代。

〈橋を歩く〉

モスクワ。

ロシア音楽が、かすかに、そして奇妙に聞こえている——まるで誰かのヘッドフォーンから漏れ聞こえてくるかのようだ。

iPodをつけたマリーナが、長い石の橋を歩いて渡っていく。

マリーナ、橋の先端の方を見やると、突然歩みを遅くする。

マリーナ　私はこの橋が好き。モスクワ川を渡る橋。赤の広場を通り過ぎ、聖バジル大聖堂で終わる。

私の事務所は並木通りの一つの近くにあるの。

私は地下鉄を降りる、すると——

ここが私の一番のお気に入り、だって木がいっぱいあるから。

私たちロシア人はね、私たちは自然が大好き。

並木の列と芝生。大きな木々。樺の木。

ここの木々に花が咲くと、甘い香りがする——菩提樹。

それから、美しい池にたどりつく。

冬はね、池が凍るの——みんな、スケートするのよ。

春には、ちょうど葉が芽吹き始めると——木々を取り囲む緑の煙、緑の霧みたい。まだ葉が出てきたわけじゃないの、でも、出てくるなって感じる。

私は地下鉄から上がってきて、歩道を歩いていく。たいてい、耳にはiPodよ。

私は歩く。そして、考える。

仕事のことを考えてる。

何をしなければいけないかを考えてる。

考えてるの——

電話が鳴る、くぐもった音、遠くで鳴っているようだ。おそらく、リアルではない。マリーナ、川を見つめ、落ち着こうとしている、記憶を振り払おうとしている。

ついに——

彼女は一度も名のらなかった。

〈私が救えなかった女性〉

照明が変わる。

マリーナ、思い出している。

電話が鳴る。以前より大きな音だ。

——女性のための救急センター「相談電話」です。どうすれば、あなたのお役に立てますか？

長い間。

そして、彼女は言ったの、

——ラジオで聞きました。

——そうでしたか。

——ラジオで聞きました。あなたがラジオで話しておられたこと——あなたはわたくしのことを話されてました。

——はい？

——主人は——主人が殴るんです、わたくしを——

——何が起きているのか、話してください——

——主人に殴られました、二十六年間。

——どこにいらっしゃるの？

——ベッドのなか。背骨が折れてるの。脊髄損傷。主人に殴られました。

——住所を教えてください。

――あなたの声をラジオで聞いたの。相談できる人だという気がした、信頼してもいい人の声だという気がしました。

――あなたにたどり着ける方法を教えて。そうすれば助けに行ってもらえるから。

――お嬢さん、うちの主人はとても力のある人間よ。政府の要人。

――わたくしが参ります、警察と一緒に。

――ね、お嬢さん。あなたにはわからないわ。あなたが誰かに電話をしたら、主人にわかってしまう。

――話してください――

――あなたがわたくしにたどり着く前に、わたくしは死んでるわ。

彼女は、ほぼ一月の間、電話してきました。

そして…… 電話をしてこなくなりました。

なぜかは、わかりません。

彼女に何が起きたのか、わかりません。

彼女がまだ生きているのかどうか、わかりません。

彼女は、私が助けることができなかった人たちの、一人です。

マリーナ、一瞬だけ川を見つめ、冷たい空気を吸い込む。

〈調和〉

この橋を渡るのが一番好きなときって、信じられないかもしれないけれど、雪が降っているときなの。

雪が赤の広場のまわりを美しくしてくれる。

この時間は、私自身を取り戻す時間。

私自身とほんの少しだけ調和するための時間。

自分自身と調和していなければ、これは取

り組むには難しすぎる仕事だからよ。
だからこの時間は、毎日、私を評価する時間
私はどこにいるのか
私は何をするのか
私はなぜそれをするのか。
私はそれをする準備が整ってるの？
私にはこの仕事をする気力があるの？
私に足りないものは何？
私は何をする必要があるの――もっと強くなるために、
続けていくための何かを、私の内《なか》に持つために？

マリーナ、川が流れ行くのを見ている。


私は準備ができてるの？

一九九五年に統計資料が出版され、ロシアでは、一年に一万四千人の女性が、夫に殺されたと報告されました。

私にはこの仕事をする気力があるの？

一時間ごとにロシアでは女性がひとり、家庭内暴力で死ぬ。

私はどうするの？


スクリーンに、「ANNA」、そして、ロシア語で、「暴力は嫌だ協会」

〈始まり――幸せな子供時代〉

私の団体――「ANNA《アンナ》」――これ、頭字語なの――「暴力は嫌だ協会」。そして、「アンナ」――私の祖母の名前でもある。

祖母はとっても強い女性よ。スターリンを生き延びた。

第二次世界大戦を生き延びた。

私が生きてきた日々で、何度も見てきたわ

――祖母は、いつでも、考えなくても、誰かを手助けする用意ができてるの、
単に「そうするのはいいことだ」って言う理由だけでね。

照明が変わる。

雪が降っている。


父は軍のパイロットでした。母は看護婦。

私、ほとんどはロシアの北部で育ったの、北極圏でね。ムルマンスク。

冬には、友達とスキーに行った。私たちにとって、野生の森を三キロ、五キロ、歩くなんて、普通なの。本当よ、私たちに怖いものなんてなかった。

夏は、黒海の海辺に住んでいた祖父母と一緒に過ごしたわ。

スクリーンには――黒海。

私の夏はビーチで過ごすワイルドな夏、いとこや友達と一緒よ。

私にとって、嵐の中で泳ぐこと、できるかぎり遠くへ、ほとんど岸が見えないほど遠くへ泳いでいくこと――こういうことは、けっこう普通のことだったの。

嵐の中で泳ぐのも、けっこう普通。みんなやってたわ。

大波の下で飛び跳ねる、こんなの日課よ。

私は初めての孫、初めての姪っ子、誰にとっても、何もかも「初めての――」だったの、だから、やまほど注目を浴びてたわ。とっても気に入ってた。

大人になったとき、幸せな子供時代を過ごしていると、人はそれが「普通」だと思うの。気づかないのよ、あの、世の中には「違う世界」があるってことに。

黒海のイメージが消えていく。

〈始まり――誰も話さない〉

大学を卒業した後は――ソ連崩壊後の時代よ。ものすごく多くのことが私たちにとっては新しいことだった。私は人口に関する社会経済研究所に配属されて、女性問題に関するアンケート調査を作成したの。実際に女性雑誌に掲載されるものよ。でね、調査結果と一緒に女性からの手紙を二通、受け取ったの――私たちにはどう分類すればよいかわからない二通の手紙――夫が彼女たちにしていることについて、書いてあったの、あの、彼女たちを侮辱する、彼女たちを孤立させる、虐待する、支配する、身体的に虐待する。

研究所の所長はこう言うの

――「あなたたちはまさにいま、家庭内暴力に出会ったのよ」

私は、いままで聞いたこともなかった。

照明が変わる。

学校にいる子供たちの声。

マリーナは学校の外で待っている。

息子の学校で――ピーターは七歳、小学校一年生――朝はね、私たち母親は、子供たちを学校に送り込み、立ち話をしていたの、学校のこと、それとか他のこととかね。

ある朝、私は二人の女性と話をしていたの――一人は主婦、もう一人はコンピュータ・プログラマー。

私、言ったのよ――「あのね、私、今アンケート調査をやっててね、手紙が送られてくるのよ、女性たちが書いてくるの、家庭内暴力について……」

こういうことって、私たち女性は絶対に話題にしないことなの。

二人とも一瞬、かたまっちゃった。そして、二人が言ったの、

――「どういう意味なの、家庭内暴力って？」

（観客に）私が育った当時、ソ連では「家庭内暴力」――「ああいうこと」については、だれも話しませんでした。「ああいうこと」を指す言葉すら、存在しませんでした。

だから、私、説明したんです、「それはね……

（二人の女性たちに話かけるように）夫が支配する、嫉妬深い、あなたのことをけなす、他の女性たちや家族と話をさせない、あるいはあなたを孤立させる。そして、感情面での虐待、心理的なプレッシャーが、ゆっくりと身体的な虐待になっていく。でも、ときにはそれほどゆっくりでもない」

（観客に）私が説明し終えると、二人はともに――なんという偶然でしょう――二人とも言ったんです、夫に虐待されてるって。

一人は六年間、もう一人は十年。

私は自分の内《なか》に何かが沈んでいくのを感じました。

しばらくして、主婦の方の女性が私に電話してきたんです、泣きながら。

彼女が言ったの、

――「主人がスーツを着ている途中だったの。そしたら、ボタンがとれたの。それで、主人が自分の靴をつかみ、バーンって私の顔を叩いたの。子供たちの前で」

一週間、いえ、もう少し長い間、彼女の顔には青あざ、腫れあがってました。

私、聞いたの――「あなた、とにかく彼と別れたら？」

すると、彼女は私を見つめた。途方に暮れて。

彼女、言ったわ、――「あの、私にどこへ行けと?」

それで、私は社会福祉サービスへ電話し始めたんです、色々な政府機関に電話して尋ねました――「こういう状況の女性を助けられるのは、どなたでしょうか?」

でも、どこもかしこも答えはこれ――「誰もいません。それは個人的な問題です」

信じられない。手のうちようがないという考え方、何よ、そんな考え方、私はどうしても受け入れることなんかできない。

私は研究所の所長に話をしました。彼女は私に事務所と電話一台を与えてくれました。


マリーナ、ちっぽけな事務所の椅子に座る。


そして、家庭内暴力の「相談電話」を始めました――実際のところ、私は「相談電話」とは呼ばなかった、私は「信頼電話」って呼んだんです。

だって、電話をかけてくる女性たちにできることは、「信頼すること」だけですから。


電話が鳴り出し、鳴り続ける。絶え間なく。


長い間、私だけでした、私一人。電話に出る。カウンセリングをする。法的支援を見つける手助けをする。

初めは、私の仕事を支援してくれたのは、私の主人、アンドレイだけでした。

でも、通常の「相談電話」にできることが、私にはできませんでした。私はただの一人の人間。こういう活動をしているのは、私一人だけだったんです、ロシア全土で。

マリーナ、電話に出る。
照明が変わると——マリーナがたった一人で事務所にいる——仕事をしている、夜遅くまで。

〈スヴェトラーナ——警察の裏切り〉

仕事を始めてまだ六カ月のころ、私はある女性からの電話を受けました。

スヴェトラーナ。


電話が鳴る。


——女性のための救急センター「相談電話」です。どうすれば、あなたのお役に立てますか？

最初の言葉は——

——主人は私を殺すと思う。

妊娠したって話したときから、始まったの。主人の目を見たわ。

喜びではなく、私に対する勝利というふうに見えた。

まるで誰かがスイッチを入れたみたいだった。


この電話、何かひっかかる。私は彼女が危ないと怖れていた。一刻も早く、彼女のために答えを出さなくては、と思った。私にはそんなに時間がないって。


彼女が言った、——子供が九カ月になったとき、大晦日だったたわ。

（観客に）大晦日。ロシアでは家族のための大切な祝日。

彼女が言った――私たち二人で出席していたの、私は赤ちゃんを抱いてた。ちょうど私たちがシャンパングラスをカチッと鳴らして、新年を歓迎したときだった。

主人が立ち上がり、私のところへやってきた、主人が何をする気なのか、私にはわからなかった。主人は私の髪を摑むと、壁に向かって私を叩きつけ始めた、私の頭を壁に叩きつけたの。

時を見計らい、私は主人から逃がれ、寝室へたどりついた、私はベッドに横になり、私の体で赤ちゃんを覆い隠した。主人は私を叩き続けた。

そう。朝になったらね。主人、「酔ってた」と言ったの。「許してくれ」と言った。

でも、今度はね、私、「いやだ」って、言ったの。

いやよ。離婚したい。

主人、私を見て言ったわ――「おまえを殺す、そして、みんなにおまえは別の男と逃げたと言ってやる」

そして、彼女は私に話してくれた――

――私、主人は本当に本気だと思うの。

あれは一九九四年。だれも「ああいうことについて話さなかった時代。

だから、私は警察に電話した。

警官に話をした。

警官は言った――「わかった。何ができるかやってみよう」

その警官、自分は私の味方だと考えるように仕向けたの。気がつくと、その警官、彼女の夫に電話して、言ったのよ――「ああいうことやるんなら、密かにやれ」

密かにやれ!

私、気がついたの――私と彼女、ふたりっ

きりなんだって。警察は助けてくれない。

聞く耳を持つ人なんて、一人もいない。


マリーナ、「ドモストロイ・家庭訓」と書かれた大きな本を掲げ持つ。

スクリーンには、「家庭訓」という言葉が映し出される。


〈男はあなたを殴る、それ故……〉


この問題に取り組み始めて、警官たちと話しをすると、警官たちは言ったの——

「たのむぜ、女ってのは殴られないと、愛されてるって思えないんだよ」

驚きました。好奇心をそそられました。

警官たちに立ち向かい、言いました——「人が愛を感じるためには肉体的な痛みを感じる必要があるって、あなたたち、本気で信じてるの？」

「男はあなたを殴る、それ故、男はあなたを愛している」

これは十六世紀のロシアの諺、軍の領主たちがロシアを治めていたころの諺でしょ？

社会の構成方法は、「ドモストロイ」と呼ばれてた。「**ドモストロイ**」は基本的には家庭の規則——いかに家庭を運営すべきかについて文書化された規則。

「主人が一家の長《おさ》である」

「他の者はみな、主人の僕《しもべ》である」

この規則は、「主人は妻がさらに従順になるように、妻に罰を与えなくてはならない」と説明していた。


各規則がロシア語で、順繰りにスクリーン上に表示される。

「主人は、公の場に妻を連れていけなくなるため、妻の顔を殴ってはならない」

「主人は、妻が妊娠しているときは、妻の腹を殴ってはならない」

「枝よりも鞭を使用する方がよい——鞭の方が痛いので、妻にはよりよい教訓となる」

そして最後に、この言い習わしは、「殴ったあとには、どれだけ妻を愛しているかを示すこと——

そうすれば、妻は学んだ教訓をさらに深く理解し、主人にますます感謝する」

「男はあなたを殴る、それ故、男はあなたを愛している」

十六世紀以来、これが言い訳だった。


照明が変化する。

マリーナ、一人で仕事をしている——事例報告書、本、ファイル。


〈運命〉


なぜ私がこの仕事をするのか、と尋ねられると——私には良い答えはありません——「これが私の運命だった」という以外はね。

私がこの道を探し求めたわけではありません。ただ一歩一歩、進んだだけ。

一度、父に言われたことがあります——

——おまえが何をしているのか、はっきりと説明してくれないか？

私は父に話しました。

父が言いました——

——わかった。そうか、はっきりわかった。ソビエト時代なら、おまえは反体制派だな。

——はい。反体制派です。

——わかった。そうか、今、はっきりとわかった。今は、おまえが何をしているのか、理解できる。

おかしかったわ。父はただどういうことなのか、わかろうとしていただけなの。

電話が再び鳴り始める。

電話をかけてくる女性たち――

美しい女性たちよ。

そして、電話をかけてくる女性たちは、希望を持ってる。

「愛してるよ」と言ってくれた人が、どうして一転してあなたを支配し、あなたに暴力を振るうことができるのか、多くの場合、理解するのは難しい。

こういった女性たちは、「主人は変わることができる」という希望を持ってるの、「主人はわかってくれる」という希望、「ある日、主人が目覚め、自分がやっていることがいかに危険なことかに気づいてくれる」という希望。

〈私はひとりぼっち〉

私の主人、アンドレイは、事務所を訪ねてくると、山ほどの症例や電話で頭が変になりそうになっている私を見つけるの――私を待っている女性たちがいる、私を頼りにしている女性たちがいる、私には休みをとることなんかできない、だっていつだって女性たちが私を待っているのだから――あのね、主人はささやかな「何か」を持ってきてくれるの。時には、ビタミン剤。私の免疫システムを維持してくれる「何か」を。

――毎朝、これを必ず飲むこと。「相談電話」に行く前にだよ。

最初の半年が過ぎた頃、私は突然、こんなふうに考える時期を過ごすようになってたの――「なんてこと、男ってみんな虐待する**ろくでなし**よ」

私は男には対応できない。私はアンドレイに何も話さない、でもね、突然、私、気がついたの――アンドレイはとても、とても、慎重に私に接してくれている。まるで私が病人みたいに。

それで、主人を見て、私、気づいたの――「なんてこと、私はいったい何をしてるの？この世にはまともな人間だって**いるのよ**。主人はまともよ。私はいったい何をしてるの？」


深く息を吸う。


私たち、休暇をとってたの、フィンランドで。実際、あれは休暇の第一日目だったわ。何年ぶりかの休暇。山岳スキーに行ったの。

それで、主人は疲れたって感じたの。

あの夜、夕食は外でとることにしてたの。主人ね、「ちょっと昼寝をしてくるよ」って言ったの。

突然、私、主人の昼寝が長すぎるって気づいた。

私が主人を発見したとき、主人はまだ生きてたわ、でも、救急治療室の人たちは主人を助けることはできなかった。心臓麻痺。主人は三十七歳だった。私は三十三。

あの当時、私の使命を理解し、サポートしてくれたのは、主人一人だけだったの。


遠くに聞こえる電話のエコー。

アンドレイが亡くなったとき、私たちはモスクワにシェルターを開設するところだったの。主人は私を助けてくれた。支えてくれた。私にはわかる、主人は私にやめてほしくないと思ってる――
でも――今は――ひとりぼっち。

主人が亡くなって——たった一日で、生活手段を失ってしまった。引越さなければいけなかった。私のアパートは空っぽ。ほとんど何も持ってなかった。お給料は十分ではなかったし、明日、息子をどうやって食べさせればよいのかわからなかった。

友人たちが私にくださったの——どんなものでも、私を助けるために。友人の一人は新品の食器一式を、素晴らしい食器を。とにかく美しい食器、ステキな色で楽しげ。それに、私は本当に食器が必要だったもの。お鍋だって持ってなかった。とても思いやりにあふれてた。

でも、私は彼女を見つめ、言ったの——「受け取るわけにはいかないわ」

そしたら、彼女が言った——「いいこと、あなたは受け取ることを学ばなければいけないわ、ただ与えるだけじゃなくね」

このことが私に教えてくれた。気づき始めたの——私がどれだけたくさんの人たちに支えられてるかって。だから、私は今もやり続けることができる。これは共同体なの。

愛に囲まれて育っていると、その愛を他人々と分かちあうだけの内面的な自由を、与えてられてるの。その愛を分かち合う内面的な責任を、そして、分かち合う能力を、与えられてるの。

〈ストーカー〉

マリーナ、事務所を出て、モスクワの街を歩き、橋を渡り、地下鉄から出る。

最初の数カ月は辛かった。朝起きるのさえ辛かった。

ある時、息子が私のところへやってきて言ったの――「これからは、僕がママの面倒をみる、僕がママを守る」

――それで、突然、気づいたの、私は息子に子供時代を与えてあげなければいけないって。私は息子のために強くならなきゃいけないって。

私は言った――「だめよ。あなたはまだ子供なの。いつかあなたが大きくなったら、ママにはあなたの助けが必要になる。あなたにママの面倒をみてもらうわ。でも今は、ママが私たち二人の面倒をみる」

私は急いでお金を稼ぐ方法を学ばねばなりませんでした。友人たちがいろいろな仕事を与えてくださった、私の特技を生かせるようにと、通訳の仕事をくださるよう尽力してくださった。

相談センターの活動にとても積極的なアメリカ人の二人の女性が――他のグループのトレーニングも担当するようにと、私を連れて行ってくださった。

仕事を終えた後、地下鉄を降りると、途中で寄り道をして、ステキなものを買うの――クッキーかフルーツ、なにか私たちに元気をくれるもの、それから、私は家に帰る。


電話が鳴る。遠くで。

再び電話が鳴る。少し大きめの音で。


でも、ある男が自宅に電話してくるようになったの。男は私を見張ってる。どういうことかっていうと、男は――つまり、「相談電話」に関する脅迫電話ってよくあることなの。夫たちが電話番号を見つけ出し、相談電話に電話してくる、腹を立てる、こんなことはしょっちゅうあるの。でも、この男は私が誰なのか知ってる、それに、私の自宅の電話番号も。

その男が電話してきて言うの――マリーナ？

私が言う――そうですが。

男はすぐさま言う――自分がやってることが怖くないのかね？

私が言う――失礼ですが、どちらさま？

男は言う――そんなことはどうでもいい。あなたの仕事が、あなたやあなたの家族をどんな目にあわせるのか、怖くないのかね？

男は言う――あなたのマンションの入り口は、とっても暗い。

それから男は言う――あなたの仕事の影響を受けた人間だ。

――私があなたの奥様を、それとも、あなたのガールフレンドを、いえ、だれにせよ、助けたのでしょうか？

私はこの男が誰なのか、必死で突きとめようとする。

男は言う――私はあなたがどこに住んでるか、知ってる、あなたのことならなんでも知ってる……

――あなたは誰？

――エレベーターのそばで、誰があなたの背中にナイフを突きつけるかなんて、あなたには絶対にわからない。

――あなたの息子がひとりぼっちで通りに出てるのが、怖くないのかね？

そんなの最悪よ。もうすでに誰かが私の心臓にナイフを突きつけたって気分。

男は息子のことを知ってる。

私、ピーターには自宅の電話に出るなって

言ってあるの——私の両親に毎日学校へ息子を迎えに行ってもらってる、でなければ、友達のところへ行かせてる、息子は決して、決して、一人になることはないわ。

私、怖い。

地下鉄を降りた後、誰かが私を見張ってるかどうか、常に突きとめようとしてる。

私は自宅のビルに入るのが怖い。

時々私、祈るの——「エレベーターがすぐに一階におりてきてくれますように」って。そうすれば、すぐに駆けこんで、上に行けるでしょう。

これが何カ月も続いたの。

男は電話してきて、言う——私はあなたがどこに住んでるか、知ってる。

それから——息子が心配じゃないのかね?

私が言う——息子には手を出さないで、絶対に。そんなこと、考えるのもやめて。

——誰かがあなたの背中にナイフを突きつけたとしたら。あるいは、もっと悪い、針を刺したとしたら——

——誰がやったのか、あなたは絶対にわからない。

男が何をしてるのか私にはわかる。男が自分の妻に何をしてるのか、私にはわかる、だって男は同じことを私にしようとしてる。謎めいたことを作り出すというパターンで、私をコントロールしようとしてる。それに、ストーカー行為をすることでね。

私は自分が持ってるすべての知識と技術を駆使して、男のもくろみにはまらないように頑張る。

会話のひとつひとつに、私は強くあろうと努力する。

でも、男は私を消耗させる。

一学期が終わると、息子は私の両親と一緒にモスクワ郊外にある「**ダチャ**」、田舎の家に行くの。

私は発信者番号がわかる電話機を買った。

そして、男が電話してくると、男に言ったの――

――あなたの電話番号、わかったわ。あなたがやめないのなら、警察へ行きます。こういうことが発覚しないですむ、罰を受けないですむ、なんて思わないで。思わないでよ。

男は電話を切った。

男は二度と電話してこなかった。

何がうまくいったのか、私にはわからない。わからないのよ――私が男の言うことを聞かなかったからなのか。それとも、電話番号を知っていると言ったからなのか。

そっちかもしれない。

でも、私の電話機では、男の電話番号は完全には判らなかったの。

はったり。

でも、最高のはったりだったわ。

マリーナ、電話を置く。

マリーナ、荷物をまとめて、橋へと向かう。


〈仕事〉


私が始めた頃、一九九三年には、私一人だけだったの、「相談電話」も一本だけ。そうしたら、急に増え始めたんです。いまは、百六十の「相談電話」、シェルター、団体があるの。その中から、人身売買に反対する仕事が芽生えた――あの「相談電話」から育ったんです。

いまでは、ますます女性に対する暴力を人権侵害として取り上げるようになっています。取り組み方の変更。政府と共同で暴力に対する適切な対応を開発する、そして、政府の対応を監視する——暴力から女性を守れていないのはどこなのか、監視するの。

〈叔父と赤い風船〉

なぜ私がこの仕事をするのか、と尋ねられると——

私の叔父には、私が三歳のときのある心象風景が刻まれていたの……叔父が私に赤い風船の大きな束を持ってきてくれたの…… 私は家の外へ出て行った……お友達が私を取り囲んだ…… 私はひとりひとりに風船をひとつずつあげた…… そして一分もしないうちに、私は風船をひとつも持たずに立ってた……

叔父は私を見つめていた——おまえは何をしてるんだい？——とでも言わんばかりに。

叔父は言ったの——おまえはその大きな目で私を見つめ、私に頼んだんだよ——「叔父ちゃま、私にもっとたくさん風船を持ってきてくださる？」

叔父は言ったわ——あのとき私は、おまえになんでも買ってやろう、って思ったよ。おまえは幸せだった。

〈この仕事、私にできるの？〉

マリーナ、ｉＰｏｄをつけて、橋を渡る。マリーナ、身を縮めて、風に向かって歩いていく。立ち止まる。川を眺める。

この橋は、ボリショイ・モスクヴォレツキーと呼ばれてる——偉大なるモスクヴォレツキー。

あそこにはクレムリンの明かり。

赤の広場、聖バジル大聖堂。

スクリーン上に、ロシア語で「ANNA」。

この道で生きるには、気をつけていなければいけない。あまりにも多くの責任がある、気にかかる大切な人たちが、あまりにも多くいる。

スクリーン上に、今度は英語で「ANNA」。

私に準備はできてるの？

去年、ある女性が殺された、そして、その話がテレビで放映された。基本的には、夫が彼女を殴ってたの、毎晩。

私はこの仕事に耐えられるの？

彼女は殴られて死んだ。彼女は三十六歳だった。彼女は三歳の子供を遺していった。

私には、何が足りないの？

インタビューされてた人たち、テレビでよ、あの人たちが言ってた――だれでも知ってたわ、三年も続いてたって。

私は何をすればいいの――もっと強くなるには？

続けていくのに必要なものを自分の内面に持つには？

どうして？　どうして誰も、なんにもしなかったの？

私たちが十四年もこの活動を続けてきたというのに！

正直言って、毎回事件の話を聞くたびに、自分が一九九三年に戻った気がするの！　暴力はいまもまだ続いてる！　女性たちの苦しみは、とっても――

私はどうすればいいの？

マリーナ、川が流れていくのを見つめる。

あなたはご存知かしら、このお話――
社会運動についてのお話――
私たちがよくトレーニングで使う物語。

〈川〉

青年が川ぞいで働いていました、突然、子供たちが溺れかけてるのを見つけたの。その青年は川に入り、子供たちを助け始めました。

別の青年も、近くで働いていました、この青年が尋ねたの――「何をしてるんだ？」
最初の青年が言った――「子供たちを助けてる。力を貸してくれ」
それで、その青年は川に入り、子供たちに泳ぎ方を教え始めた。
つまり、一人は子供たちを川から川岸へ放り投げることで助け、もう一人は泳ぎ方を教える。

そこへ、三人目の青年が通りがかりました。その青年は背を向けると、走り出したの。
川の中にいる二人の青年が言った――「待って、俺たちには君の力が必要だ！　どこへ行く？」
三人目の青年が言った――「僕は、この子たちを最初に川の中に放り込んだのが誰なのか、知りたいんだ！」

今、私たちは、助け出し、教育している、でも、私たちはまだ原因と取り組んではいない。だから、もっと深めていかなければならないの。

マリーナ、再び歩き始める。

私がこの橋を渡るとき、雨が降っていようと、雪が降っていようと、いつも私の顔にはそよ風が吹いてくるの。

私たちの仕事は、まだ終わっていない。


マリーナが歩いていくなか、次の文章が映しだされる——


「ANNAセンターは、現在では拡大し、新たな女性の権利のための数々の組織の幅広いネットワークの一部となっている。

このネットワークは、ロシアやユーラシアのいたるところにある百六十の政府や公共機関を繋いでいる」


マリーナ、最後にもう一度川を見る、そして、ついに橋を渡る。

マリーナ、自分の事務所に一歩、足を踏み入れる。

電話が鳴る。


——女性のための救急センター「相談電話」です。

——どうすれば、あなたのお役に立てますか？

——何が起きたのか、教えてくださる？

——教えて。何が起きてるの？ あなたのために、私に何ができるのか、教えて、お願い、そうすれば、私が手助けできるから。


照明が消えていく。

また、電話が鳴る。


—— モノローグが終わる ——

十九のプロング
（十九の魂）

キャサリン・フィロウ
CATHERINE FILLOUX

ム・ソクーア（カンボジア）との
インタビューに基づくモノローグ

〈登場人物〉

ム・ソクーア
カンボジア人。
優雅、緊迫感。
ユーモアと悲しみがともに見てとれる。
若々しい五十代。

ム・ソクーアが、伝統的なシルク・スカートとブラウスを優雅に身に纏い、自分の手首に紐を巻きつけている。

ム・ソクーア　「**カモック**」は悪い精霊、そして、「**プロング**」は魂。

長い間、私は私の文化、私の国カンボジアでは、「人は十九の魂を持っている」ということを知りませんでした。私たちの身体のすべての部分には、魂がある——髪の毛、足。これってずっしりと重い！

私は人身売買の犠牲者に尋ねました——「いつ魂をなくしたの？」

彼女たちは答えました——「人身売買の斡旋業者が私を家族から引き離したとき、魂が離れていった」。そして、「私の魂はいまも田んぼの中にいる」

強姦されると、「**プロング**」、魂を失う——誰かが奪い去るのです。

一九九八年に婦人問題担当大臣に就任して以来、わたくしは人身売買の犠牲となった女性たちに対応してきました。わたくし以前にこの役職についていたのは、すべて男性でした。

まず、わたくしが行ったことは、「男は金貨、女は白い布切れ」——という古いカンボジアの諺への挑戦でした。

考えてみてください。金貨を一つ、泥の中に落とすとします、その金貨はきれいにすることができる、そして、金貨は以前にも増して、輝くことになる。でも、布切れにしみがついたら、その布切れは駄目になる。あなたが処女を失えば、あなたはもう白い布切れではありえない。

毎年三万人以上のカンボジアの子供たちが、売春へと追い込まれていきます。下は十一歳の幼い少女までが、騙されていくのです——貧しい家族を助けるためにと、仕事を約束され——そして、連れ去られ、売春婦にされる。わたくしはそのような子供の一人に取り組んでいます、少女の名は、モニー。


ソクーア、おたまを手に取る。


これからモニーのために、「魂呼び出しの儀式」を行います。モニーはたったいま、売春宿から助け出されたばかり。モニーの魂を魚用の小さなかごの中に呼びいれるために、おたまを持っています。

みなさんは、十九回呼びかけてください。

(詠唱する)

「おお、尊《たっと》きプロング、魂よ
今日《こんにち》あなたが目にする川岸の
真の姿は完璧な闇。
すべての木々に気をつけたまえ、
木々は姿を変えし悪霊を——
悪霊を宿しますゆえ」
モニーの手首に、十九本の木綿の紐を巻きつけます、魂一つに紐一本。

儀式の間中、モニーはほとんど何も言いませんでした。

あの子はほんの子供——美しい子、微笑《ほほえみ》も、なにもかも。でも、あの子は迷《まよ》い子《ご》。見ればわかります。ただあの子を見るだけで、あの子には魂がないとわかります。空虚さの表れ、絶望の形。

あの瞬間のこと、あの子が貫かれ、強要されたあの辛い瞬間のことを尋ねると——あの子はただ繰り返すだけ――（無感覚）「あたしは魂を失くした。あの男はあたしの魂を奪い去った」

（詠唱する）

「呼び出しはこれにて終わり

――おお、十九《じゅうく》の魂よ、

みんな一緒にお戻りください……」

ソクーア、紐を包み、片付ける。

「魂呼び出しの儀式」――私はやるわ、なぜか？

それは――わかるでしょう――それは、私の文化の一部だから。

でも、この儀式、私は本当に信じているの？

信じてはいない。

私は自分の文化が好き、伝統が好き、でもその文化は、「魂を失った人間は、それに値する人間だ」って言う。「拷問を受け、強姦され、めった打ちにされたとしたら、それはあなたの**カルマ**だ」って言う。

もしこれを信じるなら、それなら、言うしかないじゃない――「これで終わり、私の人生もおしまい」

私にとって一番辛いのは、子供たちに「私の魂を返して」と、言われる時よ。私はあの言葉を「正義の闘い」って翻訳してるの。

私は言うの、「モニーが、モニーを売った人身売買業者の裁判に勝つために、ご協力ください。それこそが、正義です！」

そして、モニーは勝った。人身売買業者と売春宿の主人は有罪となり、刑務所に行きます――でも、最初にモニーを強姦した男は、どうしても発見できませんでした。その点から言えば、モニーの魂は絶対に彼女に戻ることはありません。彼女のような犠牲者が再び完全な自分になれるのは、「また強姦される、また売られる」——という思いから解き放たれたとき、「もう男が戻ってきて自分を傷つけることはない」——と感じられるとき——でも、もしも、その男が隣に住んでいるとしたら……!?

私たちはモニーにすべてを与えた。モニーは私たちのところで一緒に住むようになったた……　でも、だめだったの。

あの子はいつも辱められてた、いつも言われてた——「もう十分損害は与えたじゃない。行儀よくしたらどうなの?」

あの子にはできなかった。

社会が、家族が、あの子に期待していたこと、それは——「どうして私たちみたいになれないの?」犠牲者は、たとえその身体は救助されたとしても、深刻な傷は常に残ってるの、あまりに残酷な暴力を振るわれたからよ——身体への残酷な暴力行為。

あの子は言った——「私はちがうの、私はあなたたちみたいにはなれない、私はあなたたちとはいられない」

モニーは逃げた、自分の家族を完全に切り捨てた……　いま、モニーはどこか別の売春宿にいる。

私の人生は、曲がりくねった川のようなもの。そして、いつも、いつも、曲がるのよね、この川は。

「おお、尊《たつと》きプロング、魂よ、今日《こんにち》あなたが目にする川岸の、真の姿は完璧な闇」

ベトナムでの戦争——あの戦争がカンボジアにまで及んでくるなんて、私たちは考えてもいませんでした。私たちはビートルズを聴いていた……　そしたら、きたんです。

母と父が私をフランス行きの飛行機に乗せ

ました。私は家族から離れたのです。私は十八歳、そして、ほんとに、ほんとに必死でした。「この川は曲がっている、でも、私はどの岩にしがみついていればいいの?」という感じ。岩はありませんでした、そして、川は、ものすごく速く流れていきました。私は二度と帰ることはありませんでした。

無垢なティーンエイジャーから難民へ。絶望的、そして、みなしご。

何年もの亡命生活の後、一九八一年、私はアジアに戻れる最初の機会に飛びつきました、国際救助協会として、タイ―カンボジア・キャンプで働くためです。私は自分のチームとともに、食べ物や衣類の支給品を届けに、ジャングルの中まで出かけて行きました。山の頂上にある、いまもクメール・ルージュが運営している難民キャンプにたどり着きました。

難民たちは、私たちが持って行った支給品を受け取りにキャンプの壁の外へ出てくるよう、命令されていました。彼らは一列になり、行進して出てきました――クメール・ルージュが着用するよう強要した、黒のパジャマを着せられていました。口を聞くことが許されていたのは一人だけでした。返答は、すべて明確、そして、簡潔。支給品は、私たちが立ち去るや否や、取り上げられることはわかっていました。

制服を着たクメール・ルージュの兵隊たちを見るだけで、戦争を思い出します――両親……友達…… みんないなくなりました。私はさよならさえ言えなかった。

黙っていることは、私にはとても辛い――私はあの難民たちを解放したい!

私には、今、カンボジアで続けていかなければならない、熾烈な闘いがある、私はカンボジアの人々が回復する手助けをする！
私にはわかる、今、この瞬間から、私の人生は変わろうとしている！

私たちは国を修復するために、西欧諸国から六億ドル以上頂きました、でも、どれだけ注ぎ込もうと、魂を復活させることはできません。戦争は決して終わらない。まるで塩酸を人にかけるようなもの。傷跡はずっとそこに残っている。道路を作ることはできる、田んぼから地雷を取り除くことはできる、でも、顔を再構築することはできない。

私たちは損なわれた環境のなかで生きている。ね、人生は過酷よね――まるで日照りみたい――日照りが私たちのなかを通り抜けていった。
それに、人生は痛みでいっぱい、悲しみで、過去で、いっぱい――まるで洪水みたい。田畑は洪水に襲われ、また洪水に襲われる、そして浸食、止めることはできないの。「これ」じゃなかったら、「あれ」ってことよ。
そして、晴れわたり、明るい太陽の光があたるほんの少しの瞬間は限られている。痛みを和らげて欲しいと切実に助けを求めている人たちには、そんな少しの瞬間では足りないの。洪水、でなかったら、また日照り。そして、犠牲者が明るい太陽光の瞬間に出会い、太陽の光を活用できたとき――その時、彼女は完全に救われる。めったにないことよ。

どうすれば破壊されてしまった家族を、もう一度、元に戻せるというの？ 戻せる、と思うときもある。不可能だ、と思うときもある。
私たちは、過去に生きてるの。

ラーマーヤナの音楽が聞こえてくる。

いま、再びプノンペンに住むようになり、思い出すの——子供の頃、ここは私が自転車の乗り方を覚えたところ、あそこが、私が泳ぎを覚えたところ……　土砂降りの雨が道路を水浸しにしたとき、弟のソグ・リーと私は、我が家の三階のバルコニーにある大きな瓶に入れる魚を捕まえたの。水生植物の中へと泳いでいったり、また泳いで出てきたりする魚を、見ないで我慢することなんてできなかった、だれの魚が一番大きいか、一番綺麗かって言いながらね。

私、よく母についてプサァ・ティメイ——大きな黄色の中央市場——へ行った、その市場じゃ、野外にまで屋台がこぼれ出ていたわ。ずらっと店が並んだ長い列を散策するのが大好きだった、巨大な山のように積みあげられた魚、果物、そして野菜をじっと見つめながらね。私はにんじんが大好きだった。色と新鮮さがね。私はキッチンで多くの時間を過ごしていた、母が料理をするのを手伝っていたの。皮を剥いたり、刻んだり、あきることなんて絶対になかった。

夜には、ラジオでオペラを聞いたわ。ラーマーヤナの音楽が、何時間も流れていた。

川はいつも曲がりくねっている。婦人問題担当大臣の職を辞して、いま私は野党政党の事務局長、次の選挙で、国会の議席を獲得しようとしている。うちの政党の印が、クメール・ルージュの最後の砦に堂々と掲げてある。地雷はいまでも田んぼや森に埋まっている、マラリアは蔓延している——森林破壊を生き延びた大きな木なんて、ほとんどない。

私は農村部の女性指導者たちを率いて、四百八十の村にある、女性のいるすべての世帯に、私たちの民主主義と正義についてのメッセージを届けている。

その道すがら、私たちはいくつもの川を渡り、田んぼを何百キロも歩き抜いた、そして、私たちは立ち止まり、別離の物語を聞いた、飢えの、そして、怖れの物語を……

私たちの政党の候補者は三〇パーセントが女性よ。彼女たちの準備は整っている、彼女たちは何度もキャンペーンをしてきた、でも、第一に、カンボジアでプロのキャリアのある女性——弁護士、医者、ビジネス・ウーマン——でうちの党に入ってくれる人はほとんどいない、さらに、入った女性たちはキャリアを諦めなければならないの、反対派政党に入るということは、キャリア面では行きづまりが約束されるからよ。与党から究極の差別を受けるから。与党はありとあらゆるトラブルを起こしてくる——嫌がらせ、とかいろいろ……

私は年をとってきている。今、この瞬間も、関節が痛むの、これって新しい経験よ。私の身体が私に言ってくるの、「休みを取りなさい」って……

私ね、選挙遊説に出るのが大好き、一分一秒すべてを楽しんでる。オートバイ・タクシー、牛車、ボートで川を渡り、寺院を訪ね、農民たちと話をし、イスラム社会を訪れる……この歳になっても、私はまだ自分の国について発見しているの。

北東部、ラタナキリでは、少数民族にとっては、「**プノン**」、つまり森を意味するものは、非常にスピリチュアルなもの。一本一本の木には霊がある。だから、土地強奪や、不法利権で、彼らが自分たちの土地を失うということは、彼らにとってはただ居住地を失うというだけではないの、彼らは自分たちの霊も失うことになる。法廷に持ち込み反撃する人たちもいる。「私たちは少数派です、でも、あなたたちにのっとらせたりしません、私たちの魂を、私たちの森を」……

もしもカンボジアの人々が変化のために戦うなら、野党が新しい政府になれるわ！

ソクーア、再び手首に紐を巻きつける。

「あなたの手首に紐を巻く、
そして、私の手首にも――
あなたとあなたの親戚、結ぶため、
老いも、若きも、
祖母たち、そして、祖父たちも。
この紐一本一本が、
あなたの十九の魂を、
連れて戻りますように、
あなたの心と肉体が、
再び一つになりますように」

モニーがどんなに私の魂を突き動かしたことか……

毎日、私は女性を見ています――ビア・ガーデンでビールを運んでいる女性、売春婦、衣料品工場の工員――。彼女たちは私の姉であり、妹、私の友達、私の先生。

みなさん、お聞きになります――「あなたはどうやって朝、目を覚まし、まだ、この仕事をすることができるの、二十五年もやっているというのに？」

私は答えます――「やるしかないのです、声を持たない人たちが、声をあげられるようになるまでね」

―― モノローグが終わる ――

〈劇作家註〉

ム・ソクーアが「魂呼び出しの儀式」と呼んでいる儀式は、クメール族（カンボジア）の宗教儀式「Hau Pralung（魂を呼び寄せる）」で、少なくとも十八世紀には存在していた「病める者の魂呼び寄せ論」という詩の朗誦を主軸として構成されている。この詩は全部で九十三節から成り立っている。この詩から数節を引用した。

"Calling the Souls: A Cambodian Ritual Text (Le Rappel des âmes: Texte ritul khmer)" by Ashley Thompson, Reyum Publishing, Cambodia, 2005; ISBN1-58886-074-4; Sales and distribution: info@artmediaresources.com).

私が初めてム・ソクーア（クメール人は姓を名の先に表記する）にカンボジアで会ったのは、二〇〇一年であった。当時は婦人問題担当大臣で、王党派（フンシンペック党）の一員であった。ソクーアについて書いた記事は「糸に繋がれた十の宝石」(Manoa; In the Shadow of Angkor; Contemporary Writing From Cambodia 2004 and @nd……a New Dramatists Publications, Winter 2002).

ム・ソクーアとのインタビュー取材に加えて、二〇〇六年戦勝記念日にニューヨーク市で行われた公開討論会「紛争地帯の女たち」に私が参加した際に聞いたム・ソクーアの「言葉」もいくつか引用した（セシル・リップウォースより、戦勝記念日ボランティアが作成した討論会のおおまかな記録を、提供された）。

ム・ソクーアの子供時代の部分は、ム・ソクーアの娘、デヴィ・リーパーが十三歳の時に受けた「Mak」と題されたインタビューを、デヴィから提供されたものである。

もう沈黙はなし

ゲイル・クリーゲル
GAIL KRIEGEL

アナベラ・デ・レオン（グアテマラ）との
インタビューに基づくモノローグ

〈登場人物〉

アナベラ・デ・レオン

グアテマラ人。年齢五十〜五十五歳。とても艶やかで演劇的、持って生まれた自信と、確固とした信念がある。それでいて、彼女の人生の悲しさから、そして、彼女が担う祖国の唯一の「声」という役割から生じた脆さを感じさせる。それ故、彼女の感情は薄皮一枚で覆われているだけで、いつでも手に届くところにある。歌うのが大好きで、自分自身のステキな歌声を誇りに思っている。

〈時〉　現在

〈所〉　グアテマラ市のアナベラの事務所

〈註〉　このモノローグは、グアテマラ人の女性国会議員・アナベラ・デ・レオンとの個人的なインタビュー、および、アナベラの人生と仕事についてのさらなる調査に基づくものである。

女性国会議員アナベラ・デ・レオンの事務所には、回転椅子が一脚、客用の椅子が一脚、コードレス電話、おそらくテーブルが一つ、そして、壁には「最も貧しき人々の女性国会議員・アナベラ」と書かれたポスターがかかっている、あるいは、映像として映写されている。

後半でアナベラが着用するグアテマラの民族衣装が、舞台の何処《どこ》かに掛けてある――たとえば背景の一つとして、あるいは、椅子に丁寧にかけておくのもよい。

リアルであれ、抽象的であれ、示唆的であれ、映写されたものであれ、近くには数人のボディガードの存在が感じとれる。

幕が上がると――舞台中央にアナベラが立っている。

アナベラ　こんにちは。ようこそ。いらして、いらしてくださいな。お会いできてとても嬉しい。今日という日は、私にとって、とても特別な日よ。素晴らしい日。

初めに、今日のこの日のことを、神様に感謝します、私の父と私の母・**ミ・マードレ**を通して、この私に生命を与えてくださったことに感謝します。

そして、私の大変な仕事をいつも支えてくれる、主人と息子に感謝します。

私は貧困から私自身が抜け出すために頑張ってきました、そうすれば、私の国を侵しているウイルスと戦える力を持てる地位につけるからです。

（拳を突き上げる）腐敗！

（拳を突き上げる）免責！

（拳）不法！

ハァッ！（いかに困難なことかを現す、長いため息）なんてこと、本当に難しい。自分の命を危険にさらしていることはわかってる。でも、今日、みなさまは、私の仕事について記事にしてくださるために、ここにいらしてくださいました、それにより国際社会がこの私を知ることになります。だから、今日は特別な日。国際社会に私が認識されることが、私の命を、私の家族の命を守る手助けになります。とてもありがたく思っています。新たに私を見守ってくれる友人たちができるのです。この栄誉に感謝します。

ヤァ！（喜びの表現）どう、私のスーツ？これ、すべてグアテマラ製。綺麗！　ボタンもよ、**ヤァ？**　いらして、いらして。火曜日にいらしてくださってよかった、だって、**ヤァ**、私が面会を担当する日、月曜日と金曜日は、もう、すごいのよ、事務所になんて入れやしない。行列、二十人のグループ、三十人、四十人のグループが私を待ってる。あの人たちはこの共和国のありとあらゆるところからやってくる。あの人たちは、私に自分たちの問題を話してくれるの。

私はあの人たちを歓迎するわ。

（演じる）「いらして」と私が言う、「あなたの問題を私に話して」

（ポサダ夫人を演じる）「年老いた母のために**メディシーナ**、薬がいるんです」

（「自分自身」を演じる）私はアシスタントを呼ぶ――「メアリ、お願い。総合病院の院長に連絡して。ポサダさんはお母様のお薬が必要なの、でも、病院は何も出してくれなかったって」

アナベラ、誇らしげにコードレス電話を掲げ、歩き、場面を演じてみせる。

新しい電話、持ってるの、コードのついて

ない電話——

「院長先生？

アナベラ・デ・レオン。お元気？

素晴らしく元気？

わたくしは元気ですよ」

みんな、私の電話には出るの、だって、私のは遊びじゃないって、みんな知ってるからよ——

「ポサダさんという方ですが。先生は彼女のお母様のお薬を出してくださいませんでしたね。彼女、処方箋を今、この瞬間、わたくしに見せてくれています。先生にはこの問題に対処していただかねばなりません。よろしいですか？

わたくしに薬を送る？　いえ、ポサダさんが今すぐそちらへ伺いますので、先生から彼女に薬をお渡しください。彼女が薬を頂きましたら、もう一度わたくしに電話してくることになっています。よろしいですね？

わかりました。どうもありがとうございます。先生が彼女に薬を渡してくださらない場合は、わたくしが先生を本会議に召喚します。よろしいですね？　では、これで」

（ポサダ夫人に）あなたの問題は解決しましたよ。薬を手に入れたら、私に電話してくださいね。私の携帯電話は、3ララ……

いいわよ、次の方。どうぞ、どのようなご相談でしょう……？

ヤァ、**ヤァ**、こういうのが月曜日と金曜日、一日中よ。でも、いまは、いらして、あなたのために用意したものが山ほどあるの——私の音楽と私の写真。その後で、国立劇場にお連れするわ、私、劇場で病気の子供たちのために歌うの。そして、**ミ・マードレ**に会っていただくわ。**ヤァ**、**ヤァ**、あなたがいらしてくださって嬉しい。

さ、見にいらして。この写真、私はいつも持ってる。母と、兄と、私は、この小さな暗い部屋で、一緒に暮らしてたの。明日、私が育った**ゾナ**にお連れするわ。いまもあるのよ、あの小さな暗い部屋。

(写真の説明をする) ここに兄の簡易ベッド、ここに母と私のためのベッドがひとつ。


この小さな窓から、**ミ・マードレ**が料理を作ってるのが見えたわ。ママがお鍋の上に覆いかぶさるようにして、私たちのために食事を作ってるのを、じっと見てたの。毎晩、私たちは黒豆を食べてた——**フリホーレス**を**トルティーヤ**と一緒にね。私がすごく小さかったころ、女の人がうちの屋外にあるキッチンへ行き、母がかき混ぜていたお鍋のなかに、土を投げ入れるのを見たことを覚えてる。私たち家族の、その日の食べ物が駄目になった——私たちのたった一回の食事が——そしたら、母がすすり泣き始めた。

私の人生がこういう始まり方をしたおかげで、私の生き方が生まれたの。

私は幼かった、でも、わかってたわ、私はあの世界から出たいって——女たちが、怒りと絶望のあまり、食べ物に土を投げ入れる世界から——私の母のように、いつも沈黙し、祈り、泣いている世界から、出たいって。


私の国では、政治的腐敗で最も傷つくのは女たちよ——女が全人口のなかで最も被害を受けてるの。今年、二千五百人の女性が殺されたのよ。ほとんどが若い女たち、貧しい女たち。私の国では、貧困は女の顔をしているの。女たちの教育レベルが最も低い——だから、この私が「私は学校へ行ったのよ」と言うことが重要なの。私の国で女であるということは、どこにも安全な場所はないということ。グアテマラで殺される女は世界中のどの国よりも多い、しかも女たちは極めて残虐な方法で殺されてるの。グアテマラ・シティーの通りでそういう女たちに会えるわ。彼女たちはいつも**モラ**、青あざだらけ……

アナベラ、宙空に「パンチ」を食らわせる。

顔を殴られる、だから目と口はあざで黒く、青くなる。ああいう女たちの多くは夫や息子に殺される。家庭内暴力はもうすぐ犯罪になるわ、私たちがある法律を作るよう、あと押ししてるからよ。でも、私たちには法を順守してくれる裁判官が必要なの、だって、止めなければ！——

「止めなければ」の台詞と同時に、強調するために手を叩く。

——女性に対する暴力を。

……女たちが暴力的に殺害されるのには、あるメッセージがこめられてるの。女たちを力のないままにしておくためよ、だって女たちの大半は腐敗には屈しないから。

二千五百人の女たちが生まれてきた、彼女たちはいい人だった、そして、彼女たちは、いまはもう死んでしまった。**ハアッ**……

一覧表を取り出す。

ハアッ、これが私の人生の一覧表。あなたたちのために作ったのよ。

折り畳んであった一覧表を広げ、ピンで留

める。

一覧表は小さな正方形に分けられている――各正方形の中には、アナベラの人生を象徴する説明的な言葉。一覧表はこのモノローグの流れに沿って、書かれている。


私が生まれたのは――ここ、この正方形、見えますか？

私はこれを「暗闇」と呼んでるの。

　私の母、マリア・ルイーズはとても謙虚、聖女みたい。会えますよ、母に。母はいつも静か、母はいつも沈黙。誰かが悪い態度をとっても、母は冷静なまま。私は母とは違う。母は自分の意見を言わない、母は闘わない、なんのためにも。私は母とは違う。

　母はよそ様の家で衣服を洗濯し、アイロンをかけた。一日中立ちっぱなしでいるのは、母には死ぬほど辛い――静脈がね。私は学校の子供たちに袋詰めのピーナツやキャンディを売りに出かけた。時には、月に二ドルも稼げたの、かわいそうな母の稼ぎの二倍よ。

九歳だったわ、私は母に「もう二度と働かなくていいからね」って約束した。母との約束は守った。私、その時、わかったの――私が、この私を、母を、兄を、この貧困から抜け出させなきゃって。

一覧表を指差し――

「暗闇」に続くのが「悲しみ」、私の子供時代――覚えてるわ、幼い女の子だったころ、父が出て行くというので、愛する母が泣いてたの。私は心から父を愛してた。（泣く）父は私と同じでとても感情的。ハンサムな男、勇敢で、見るからに強そう、とても知性的だった。でも、父の人生には、いつも問題があったわ、酒と女。

　私は母と一緒にバスに乗るところだった――私たち、ある女を見たの、父が一緒に住んでいた女。

その女が母のそばへ来て、言った――「あ～ら、**ハァッ！**　あなたのご主人は私と一緒に住んでるのよ」――そして、その女は父からもらったという指輪を母に見せた。

母は泣いた。いつだって沈黙したまま――母は自分のために意見を言うことはない、母は泣くだけ。

　私がもう少し大きくなった頃、父が私たちの家にやってきて、母に言った――「別の女ができた。これからおまえを彼女に紹介する。だが、おまえは私の妻だと言ってはならん、ただ、私の二人の子供の母だとだけ言うんだ」

　そして、母は言った――「Si、Si、はい、わかりました」

　その女が私たちの家に来たとき、**ミ・マードレ**が言った――「私はあのお方の子供たちの母親、それだけです――私たちには関係はありません」

　私は怒り狂ってた。私はこの状況を屈辱のなかで見つめていた。

「パパもママも、二人ともこの件では罰を受けることになる」と私は言った。

そして、私は愛する母に言ったの、「ママには女としての威厳がない」

こういう事実が、私という人間に「しるし」を残していった、私の人生に悲しみの跡を残していった。

　一覧表を指差し――

その次が「基礎知識」、私がすべてを学んだ時期。

そして、ここ――

一覧表の次の正方形を指差し――

ここは「熱意」って呼んでる、そしてここは「勇気」、そしてここは「遊びはなし」、私の学校時代。

十歳の時、ダンスで世界大会に出たの。そこで、アメリカ出身の若い、可愛い女の子を見かけた。私はその子と話がしたかった、でも、私は英語ではひと言も言えなかった。それで、一ケツァルで古本の辞書を買って独学で勉強した。次にその子に会ったとき、私、言ったの――「私の名前はアナベラ。あなたのお名前は?」――英語でよ!

兄と私は全然違う。私たちが住んでた**ゾナ**――私たちの地域を囲んでいた大きな穴があったの、塹壕のようなものよ。兄はよくそこで遊んでた。兄は一度も学校へ行かなかった。今、兄はメッセンジャー・ボーイ。

私はいつも勉強してた、小さな机の前で、小さな椅子に座って――お絵描き、読み書き。私は詩が大好き、音楽も、辞書は特別大好き。私はいつも不安でいっぱいだった、勉強しなければって思ってた――私は勉強する必要がある、準備する必要があるって思ってた。成績は優秀、それが法律を学ぶための奨学金を手に入れる助けになった。

「差別」――私が法科大学院に通っている時代。私の奨学金は私立大学に行くためのもの。大学に行くと、クラスメートは私を差別した――あの人たちは金持ちで、私が貧乏人だ、という理由でね。

あの人たち、私に言ったの――「あなたは公立の大学へ行くべきよ。あなたは私たちの類の人間じゃない」

私はあの人たちに言ってやった――「あなたたちが私に『この大学へ来てはいけない』と言ったというだけで!? いやよ! とんでもない! さよなら!」


沈黙するってどういうことか、私にはわからない。私は絶えず自分の権利を守らなければならない。勇気ある人間でいなければならないの、だって人生では、あなたを差別したがる人間にやまほど出会うからよ。

「私が両の耳の間に持ってるものと、あなたたちが持ってるものは、同じじゃない」――そうあの人たちに言ってやった。『貧しいから』とか、『女だから』という理由で、あなたたちが私を差別するのなら、私はあなたたちを差別してあげる――その理由は、あなたたちが『馬鹿だから』!」

私、母に話したの――いつか私はあの人たちに見せてやるって。私はきっと**ラ・ギーレ・シーラ**、回転椅子を手に入れる、そして、大勢の人間を私の指揮下におく。

母は笑ってこう言うの――「**エスタ・ビアン・パラ・ソニァール**、夢見ることはいいことよ!」

毎回私が仕事で昇格するたびに、母と私の生活は少し良くなるの。私たちは、私が育った小さな部屋を出て、もう少し大きな部屋に移った。兄が奥さんと一緒に家を出た、それで、私は母と私のためにアパートを借りた。昇進すると、私は小さな家を借りた、それから、中くらいの家、そして、住宅ローンを借りられるだけのお金ができたので、小さな家を買った。私の人生は私が住んできた数々の家みたい——最初は、暗闇の小さな部屋、その小さな窓から愛する母を見ていた。毎回引っ越すたびに、暗闇と悲しみから遠のいていった。

今、私の家はとっても美しい。夫と私のための部屋がある——私の母にも自分の部屋がある、私の息子にも部屋がある、それに、テレビを見るための部屋もある。噴水のある小さな中庭もついている。水の音を聞きながら、そこで本を読むのが好き——それに、小さな庭もあるの。

法科大学院を卒業後、私は市役所で働いたの。何年かして、私は財務部長になり、八部門、四百人を超える職員を率いることになった。私を差別していた法学部の学生の一人が、国会への候補者として、私の名前を挙げた。いま、私は当選三度、そして、座ってるわ、私の「回転椅子」に！

法科大学院に通っている間、私はバイリンガル秘書として働いてた、組合にも入ってた。ある日、私は組合の会合に行くはずだったの、でも、私、夜は学校に行かなければいけなかった。次の日、会合に出席した組合のリーダーたちと多くの教師や専門職の人たちが、殺されたことを知った。これが、私が始めて経験した、政治の腐敗から起こりうる残虐行為。

グアテマラでは、警察も、官庁も、司法機関も、腐敗してるの——最高裁でさえも。新聞では、私たちは共和国と呼ばれている、民主主義の国だって、でも、これは真実じゃない、本物じゃない。

三十六年にわたる残忍な軍政府との内戦の後、和平合意が署名された。でも、書類に署名するだけでは平和を勝ち取ることはできない、内戦を引き起こしたのと同じ腐敗が、いまだに存在していたらね。

汚職をする人間は、誰かに銃を向ける人間と同じ、犯罪者よ。

二〇〇一年、レジェス副大統領が国立印刷所を利用して、彼の支持者のために偽の身分証明書を印刷させた――そうすれば、彼の政府の支持者が一回以上投票できるからよ。国立印刷所の工場長が副大統領を糾弾したら、武装した男たちが彼女の家に押し入ろうとした。

印刷機械を操作する男が声をあげたら、彼の奥さんと娘さんが容赦ない攻撃を受けた。ローダ・フーランが副大統領に対する重要証人となることに同意したら、彼は二十メートル先から射殺された。

私が調査を再開すると、四六時中、殺しの脅迫状が届いた。

機会があるたびに、警察は私を阻止しようとする。いつだって**モレスタンド**、邪魔をする。――あいつらは私の車をつけてくる、サイレンを鳴らす、私に向かって叫ぶ――「車を停めろ！」あいつらはトランクを開け、中を見る。「お願いだから、この車から手を離して、あなたたちが私の車に麻薬を入れるつもりなのはわかってる。私は女性の国会議員よ、あなたたちは裁判官の命令もなしに、私の邪魔をしてるのよ！」

男たちが、うちの事務所に来たの。ピストルを隠すためにスーツとコートを着てた――「我々はアナベラを探してる。リストに載ってるんでね。我々はアナベラが死ぬ日を知っている！」

だから、アメリカの州機構人権委員会が、私に特別警護ステータスを許可した。彼らは私に警護をつけるよう、グアテマラ政府に命令した。

毎日、朝、四人のボディガードが家に来て、夜まで、私と一緒にいてくれたの。自宅の外には、いつも警官が二人。あの人たちは警察の所属、だから、あの人たちがスパイかどうか、私にはわからない。

国会議員が一人、殺されたのよ、今年。銃声！（手を叩く）殺された！

その前は、私のボディガードの一人が、殺された。

去年、私のアドバイザーが拷問を受けた。奴らは彼の指を折り、両手に火を放ち、両目をくりぬいた、そして、彼を絞殺した。

刑務所には私が社会保障機関に対する詐欺で糾弾した人間が何人か入ってる。あの人たちはグアテマラ人から三千五百万ケツァルを盗んだ。あの人たちが私を殺そうとしてるのか、私にはわからない。誰が撃ってくるかなんて、絶対に、誰にも、わからない。（泣く）

私は自分のボディガード二人を息子に付き添わせた。カルロス・アルバトロス・デ・レオン、私の息子——あの人たちにはあの子に危害を加えたり、殺したりさせはしない。

女に対する違反行為、先住民に対する違反行為、麻薬および少女の密売、児童ポルノ——国会議員や警察署長たちが、こういったビジネスをやってるの。

外国人がグアテマラにやってくる。彼らは警察が腐敗していることを知っている、だから自分たちの犯罪を見逃すようにと金を払う。彼らは子供たちを買う、誘拐する。彼らは全員セックス・観光ツアーで金儲けをしている。

こういうことが、グアテマラ全国で起きている——都市部ではより目立つの——二万人もの子供たちが売春に関わっている。グアテマラにはマフィアがいる。奴隷を密売し、監禁し、搾取している。

私はいつも非難してる、告発してる、でも、あの人たちは捜査しない！　刑事免責があの人たちに「やれ」って言ってるのよ——嘘をつき続けろ、大多数の人間から盗み続けろ、子供と女たちの密売、奴隷化、殺人を続けろって。法律に重みがないとき、法律がなにひとつ有害な結果をもたらさないのなら、みんな考えるわよね——「盗みもできる、殺人もできる、なんでも好きなことができる」って。最も高い身分の人たちでさえこういう考え方をしてる。

刑事免責はグアテマラの女王よ！

私はたった一人で山ほどの腐敗と闘ってる、でも、これは私の聖なる権利、それに、私は恐れてなんかいない、だって、私が意見を言うとき、私にはいつも法の支援がある。

「これは憲法第四条に違反しています」——私はあの人たちに言う。

あの人たちは答えない、それは、私が正しいことを知ってるからよ。

私と女性国会議員十三名は、女性のためのプログラムの改善を目標とする一連の法案を提出したの。投票になると、議会にいた男たち、トイレに隠れたのよ。私がドアをあける、他の女たちが突入し、ひとり、ひとり、引っ張り出す！　男性党員は、こういうことはもう二度とやらないって、私に約束させたの。でも、法案は通ったわ！

弁護士として、私は腐敗した役人相手に、八十三の訴訟を起こすことができた——大統領と副大統領も含めてよ。

それと、「公務員は国民によって選ばれるべきであり、大統領が任命するものではない」と記載できるように憲法を改正するための法律を提出した。

差別禁止法を作ることを発案する法律を提案し、現在では差別することは犯罪になった。これはとっても重要よ、でも私たちにはもっともっと必要なの。

ハアッ、ときどき私は孤独と悲しみを感じる、でも、私は女の国会議員であることを誇りに思う——それに、私は誇りに思うのよ、私が死んでないってこともね。

ここで、民族衣装を掲げる。

いらして、いらして。どう、私のドレス？これはグアテマラの伝統的な衣裳、とっても綺麗。ミス・ユニバース・コンテストでミス・グアテマラが着たのよ。彼女は勝てなかったけれど、この衣裳は優勝したの。今夜、国立劇場の大勢の観客の前で歌うとき、私、この衣裳を着るのよ。

毎年、マラソンと病院の子供たちのために歌ってるの。**ヤア**——私は子供たちにプレゼントをあげるのが大好き。それも私には大きな喜び、歌うのと同じ。

去年のクリスマス、私は二人の叔父、ルーカスとフェデリゴから二つのプレゼントをいただいたの——「まあ、ありがとう、本当にありがとうございます」叔父たちは食器一式をくれたの。

今年のクリスマス、この食器一式を貧しい子供たちに持って行くわ。

「一列に並んでください。これからみなさんに私からのプレゼントをお渡しします。あなたにはお皿。あなたには、ボウル」——四十七の食器を四十七人の子供たちにあげる。これはとっても意義のあるプレゼントよ、だって、あの子たちはなにひとつ持っていないのだから。

民族衣装に着替え始める。

劇場で歌うとき、観客席を見渡すと、必ず泣いてる母を見つけるの。母は泣くの、母の小さな女の子がいまは成功した女性だって信じられないから、母は私たちの現実を、私たちの悲しみを知ってるから。母は泣くの、そして、いつも祈ってる——あの人たちが私を殺すのではないかと恐れてるから。

人は私に聞く——

「あなたは殉教者になりたいのですか?」

いいえ。それは私の役目ではありません。

でも、私はこの闘いで死んだってかまやしない、私には山ほど有力な敵がいる、だって、腐敗と闘う人間は、「友達」は多く作らないからよ。子供のころから、私は自分に約束してた——私はこの貧困から抜けだす——母と、兄と、私を抜けださせ、この小さな暗闇の部屋から出て行く——それから、グアテマラの女たち、沈黙する女たち、そして自分たちの仕事に全く価値を見出せない男たちを、抜けださせる。**ハアッ……**

さ、これから声のウォーム・アップよ、歌う準備をしなくっちゃ。一週間に一度、歌のレッスンを受けてるの。あの人たち、私が酒を飲むとか、麻薬をやってる、なんて言えないわよ——私がやってるのは、歌だけ! なんの問題もない、そうでしょ、**ヤァ?**

声を限りに、リズミカルに舞台中を歩きな

がら、歌う。

De colores,
De colores,
De colores
se visten los campos en la primavera
De colores
De colores
son los parajitos que vienen de afuera.
De colores
De colores
es el arciris que vemos lucir
Y por eso los grandes amores
De muchos colores me gustan mi

私の歌、どう、いいでしょう?
見た目も大丈夫?
私は朝、ものすごく早く起きるの。私はあまり眠らない。シャワーを浴びる、そして、美容院へ行く。虚栄心のためじゃないわよ。私の見た目はものすごく大切なの、だって、私は**プエブロ族**のために「良い顔」でいなければならないから、だって、**プエブロ族**は、**プエブロ族**のために声を上げている私を、頼みにしているのだから。

私と同じような育ち方をした人たちの多くは、死んでる、あるいは病気——あるいは子供がたくさんいて、貧困のまま、悲惨なまま、とどまってる。私はこの大多数の人たちのために、「力」を探してる——
住宅を探してる——とても小さな部屋を、中くらいの部屋を、一戸建てを、悲惨さのなかに生活している大多数の人たちのために、探してる。

女たちや若者たちが、私に言う——「あな

たは私たちが後に続くためのお手本です、だって、あなたはとっても強いから——とっても勇敢だから——真実を話してくれるから」

　私はその人たちに言う——「私たちが変化を望むなら、私たち全員が、一体となって働かなければいけないの、すぐ隣で、寄り添うように。

私たちは沈黙のなかにとどまっていてはいけない。もう沈黙はなし」


ハァッ、でも、今日は特別な日。あなたがたがここにいらっしゃる、そして今夜、私は子供たちのために歌う。

いらして、お祝いしましょう。

ミ・マードレを紹介しましょう。

それから、おいしいものを食べましょう。

　De colores,

　さ、私の腕をとって。一緒に歌いましょう。

De colores
　se visten los campos en la primavera
De colores
De colores
　son los parajitos que vienen de afuera.
De colores

　照明が急激に消えていき、暗転。

——モノローグが終わる——

〈訳者註〉

「De Colores」(「色づく」) は五百年以上前に南米に伝わったスペイン語の歌が元歌だと考えられている。現在歌われている歌詞は一九六〇年代のものが多く使用されている。

この歌はジョーン・バエズをはじめフォーク・シンガーや人権を題材とする著名な歌手たちにより歌われている。非公式ではあるが、「統一農場労働者」組合歌として、数多くの集会で歌われてきた。

サマー・キャンプ、労働組合のストライキ、労働者権利に対する抗議行動、キリスト教伝道集会で教えられている。歌詞は「時の問題」を反映すべく変更されるのが一般的である。

(Lyrics to Nursery Rhymes and Kids Songs, Bussongs, com.)

De colores,	色づく
De colores,	色づく
De colores se visten los campos en la primavera	色づくの、 畑が春の色に
De colores	色づくの
De colores son los parajitos que vienen de afuera.	色づくの、 外からきた小さな小鳥たちで
De colores	色づくの
De colores es el arciris que vemos lucir	色づくの、 私たちが見ている輝く虹で
Y por eso los grandes amores	だから、私は大好きよ
De muchos colores me gustan mi	たくさんの色が、大の大好き

＊日本語歌詞は、英訳版から訳したものである。

人生の一覧表（アナベラ）

<table>
<tr><td colspan="3">私</td><td colspan="3">暗闇</td><td colspan="3">悲しみ</td><td colspan="3">基礎
知識</td><td colspan="3">公立
幼稚園</td><td colspan="3">公立
学校</td><td colspan="3">熱意</td><td colspan="3">勇気</td></tr>
<tr><td colspan="3">勉強</td><td colspan="3">遊びは
なし</td><td colspan="3">病院</td><td colspan="3">飢え</td><td colspan="3">英語</td><td colspan="3">病院</td><td colspan="3">ワーク
スタディ</td><td colspan="3">文化
活動</td></tr>
<tr><td colspan="3">バイリンガル
秘書</td><td colspan="3">正式な
仕事</td><td colspan="3">結婚</td><td colspan="3">大学</td><td colspan="3">仕事
と
勉強</td><td colspan="3">言語</td><td colspan="2">一人
息子
出産</td><td colspan="2">結婚</td><td colspan="2">偉大な
る損失</td></tr>
<tr><td colspan="3">学位</td><td colspan="3">首都の
公会堂</td><td colspan="3">政治</td><td colspan="3">重要な
関係</td><td colspan="3">国会</td><td colspan="3">国会
副大統領</td><td colspan="3">ブラジル
米国
ヨーロッパ</td><td colspan="3">グアテマラの
人々のために、
人々により、
人々とともに
働く</td></tr>
<tr><td colspan="3">腐敗
反対</td><td colspan="3">リスク
いやがらせ
死の脅迫</td><td colspan="3">防衛策</td><td colspan="3">世界的な賞</td><td colspan="3">偉大なる
損失</td><td colspan="3">国会</td><td colspan="3">結婚</td><td colspan="3">……</td></tr>
</table>

別の国に出会って

キャロル・K・マック
CAROL K. MACK

アイネーズ・マコーミック（北アイルランド）との
インタビューに基づくモノローグ

〈登場人物〉

アイネーズ・マコーミック

北アイルランド出身。
魅力的で、高学歴の女性。
大いなる情熱とユーモア、そして、限りなきエネルギーを持っている。
六十代。

〈註〉

このモノローグは、数カ月にわたって行われたインタビューに基づくものである。

アイネーズ、無邪気に説明しながら、歩いてくる。


アイネーズ　私はデモ行進の後方にいました、それだけ、私はただの参加者。デモに参加していた若い人たちの大半はカトリック信者、私のボーイフレンドと彼の友人たちが行進の先頭?

みんなは、自分たちに起きるかもしれないことを知っていました――

私は、知らなかった。

　あれはベルファーストを起点とする百五十キロ・デモ行進の最後の日。私たちはデリーの街のすぐ外の狭い道路にいた、そこで、待ち伏せ攻撃にあった
――百人の男たちが、右手側の丘から、釘の入った棍棒を手に持って下ってきた
――別の男たちは、左側の川沿いを登ってきた
――そして、**警官たち**は、男たちが私たちを攻撃**できるように**、私たちの前と、後ろを、塞いだ!

男たちは私たちを殴ろうと合流した、そして、人々は走り始めた――一部の人たちは川を渡り、野原を通り抜けて、逃げた――別の待ち伏せ攻撃のまっただなかへ!

　だから、(再体験しながら)今、私は**最前列**にいる――でも、つまり、私にできるのは歩き続けること、それだけ、そうでしょ?

ちょうど私たちがデリーの街に入るころ、小さな狭い道で……　石が私たちに向けて投げられた、警官たちが道路を塞いだ、だから、私たちは……　逃げ場がない!……

　私は店の戸口から入ろうとする、でも、もちろん、鍵がかかってる、私が叫び声をあげ

る、血が私の顔をしたたりおちていく……

店員たちは店の中で立ってるだけ——それにあの店員たち、**笑ってる！**　あの人たちは、**私と同じ**「出」なのよ、わかる？——て言うか、どういう人間の集団であれ、日常の権力行使を正当化するために、相手をあんなふうに貶めるなんて、非人間的でしかない！……

私は棍棒のような重い枝を巧みに振り回す男ふたりに叩かれてる。

やつらは私の頭と両肩を狙ってる、私は両腕を上げて自分の顔をかばう……


バーントレット・デモ行進の後で家に帰ると、私の首や肩にはひどい青あざや切り傷があった、私の家族はとても動揺していた、わかるでしょう？

でもその後は、あの月並みなコメント——

「あなたがあんなところに行かなければ、こんな目にはあわなかったのよ」

突然、この私は一族のはずれ者になった。私は一線を越えた。私が許されることは決してなかった。


私はベルファーストの揺るぎなきユニオニスト・イギリス統合派、そして、プロテスタントの家庭で育ちました。

父はとても弱い、でも厳しい男。自分のことしか考えてない。

私たちはかなり貧しかったわ、でも、あの人たちは、なんていうか「意欲的な中流階級」だから、私はえり抜きの女子校に行かされた。「標準語」と「礼儀作法」が特に得意分野。私はどちらもあまり得意じゃなかった。学業的にはかなり優秀だった……　ただ、とけこめなかっただけ——？

私はかなりみすぼらしい服を着た、とても

変わった頭の良い子、そして質問ぜめにする子。覚えてるわ、私、先生に「次から次へと質問するのはやめなさい！」って言われた。

振り返ってみると、両親の厳しい結婚状況がわかる。それに、鼻持ちならない学校……その**子供**は問題なかった。でも、もしあなたがその子供だったら？

――ある意味、私はいつも自分が生きている世界の「はずれ者」だって感じてた。

父は十六歳だった私を退学させ、父一人でやっていた印刷会社の事務員として働かせました。

相当締め付けられてたの。あの年頃の私は、ただ人気があってキレイな女の子（？）でいたかった。だけど、きっと私の中にも何かがあったのよ、探し求めている何かが……

ひどく奇妙に聞こえるわよね、でも、私、覚えてる――ある夜、私はこんなふうに考えながら目をさましたの――大学に行きたい！でも、うちの家族は行かせてくれない。

私は家を出た。

十七歳で、一間だけのアパートを借りて、大臣事務所の下級公務員の職に応募した。これが私の「北」についての学びの始まり。

面接でこんなことを質問されたわ――

「同性愛についてどう思います？」とか、「あなたのお兄様が黒人の女と結婚したら、どうしますか？」――

山ほどの不愉快な質問、でも、本当に聞きたい質問じゃなかったって、後でわかった、本当の質問は「カトリック教徒についてどう思いますか？」だったの！

私は十八になるまでカトリック教徒と知り合うことはなかった……私たちはカトリック教徒たちがいるあたりには、住んでなかったの。

昇進を要求したカトリック教徒の一人について、事務所でかわされた会話を覚えてる――

「昇進なんかとんでもない、カトリック教徒は信頼などできないからな」

……その時、私、気がついたの、ああいう会話ができた理由《わけ》はたったひとつ、事務所にはカトリック教徒が一人もいないからだって……


私は大学に入りました。最初の二年はデリーにあるマギー大学、トリニティー大学へ密かに続く道として、よ。

で、デリー――?

北アイルランド・デリー州の州都、デリーの街は丘の上にあり、壁で囲まれていて、大砲が街の広場を見下ろしている。丘の麓には、ボグサイド。遠い昔、ここは非常に貧しい人々のいた地区。三〇年代、四〇年代に農村地域から職を求めて出てきたカトリック教徒たち、貧しいなかでも最も貧しい人々。

あの地区の仕事といえば、ほとんどは女たちが工場で働くこと、男たちはたいてい家にいる、あるいは、運が良ければ埠頭で働く。いくつもの家族が一つの部屋に住み、湿気が壁を伝っておりてくる……

マギーの丘からボグサイド地区を見ているときに、言われたことを覚えてる――

(ささやく)「あなたは行っちゃだめよ、**あんな下の方**へはね」……

(微笑みつつ)で、いま私は「あんな下の方」出身のカトリック教徒と結婚してるの!

彼と出会ったのは一九六八年の夏。私は世界を発見していました!

ロンドンに行ったの。オックスフォード通りのとあるバーに入っていくと、デリー訛りの男がドリンクを売ってた。私はドリンクを注文した。で、私はいまも彼と結婚してるの！

彼は期末試験を終えたばかり。彼はベトナム反対デモに参加していた、それで、**私**も参加した。

私、生まれて**初めて**リラックスできたんだと思うの、あの夏！

その瞬間を生きてた！――わかります？こんなこと、私、生まれてから一度もやったことなかった！

「北」はものすごく息苦しい、それにうちの家族？

……あの夏はそよ風が吹いてた！

あの六八年の夏、みんなが変化は可能だって信じてた。**希望**があったの。

夫と夫の友人たちが語る「北アイルランド」、聞いてるでしょ？　全く別の場所だった。

あの時まで、私は政治意識というものを**全く**自覚したことがなかった……

間――そして……

締め出していたのかもしれない。

あのニュースが……　私の人生に触れた。

私が家を出る何年か前、発砲事件があったの――私のいとこ。ロスリーで紛争が勃発し、殺された。大きな若者でね、あんまり利口ではなかったわ、農場で働いてた、農場が**大嫌い**だった、父親が**大嫌い**だった、彼の父親はかなり強情な男だったの。私のいとこは、読み書きがあまり得意ではなかった、それで「Ｂスペシャル」に入ったの――「Ｂスペシャル」、ある種の合法化されたプロテスタントの市民軍。簡単に入れるの。そして、そこから**本物**の警察へ。いとこは警察に入れたことを、とっても**誇り**に思ってた。と同時に、彼はカトリック教徒を容赦なく抑圧する警察の一員でもあった。

北アイルランドには二つの世界があった。一つの世界では、いとこは抑圧的な警察の一員……

私には——私は思い出すの、あまり賢くなくて、あまりに若死にしすぎた、大きな若者を。


あの夏は、めざめの時でした！

あの秋、私たちはパリからヒッチハイクしてポルトガルへ行ってた、そして、六八年の十月五日、ユースホステルでつけていたテレビで、夫の顔が蒼白になるのを見た。デリーで初めてという、**大規模**な公民権運動デモ行進がテレビに流れた……　人々は道路から叩きだされてた！

私たちはヒッチハイクして、まっすぐ彼の生まれ故郷に戻った……

私は、全く同じ北アイルランドの自然の風景のなかにいながら、国境を越え、全く別の国へと入っていった！

数カ月後、あのバーントレット・デモ行進で、国家警察——つまり**私**の育った側の、法の枠を超えた行動すべてを、目の当たりにした。

正真正銘の暴力！

国家の内側の視点から——国家は単に抑圧の手段、屈辱と排除の手段でしかない！——という人々の視点から、私は経験していた。

そこには、石油爆弾を**超える**何かがあった——超える何かが——

説明しようと努めて——

あれは、実際には決して**見えてこない**権力の体験——無力感という感覚、これは何年もの後に、ベルファーストで組合のまとめ役として仕事をしていた時にも直面した感覚。道路に出て**戦車**の前に立ちはだかる女たち、なのに、ボスとは闘わない、自分たちが受けている屈辱的な**扱い**とは、闘わない――なぜか？　彼女たちが麻痺しているからよ、この……この日常的に経験する無力感、そんな世界で生きているからよ……

あのデモ行進が、私の残りの人生の形を変えた！

再び、当時のことを詳しく語り始める。

あの夜、警察がボグサイド地区を侵攻し、デモ行進と関係があった家々を破壊した、その後――ある男の人がいてね、サミー・デヴェニー――彼の家だったの――子供たち何人かが、彼の家に石を投げ、彼の家の中を走り抜け、反対側へ渡った。警察は子供たちを追いかけ、家の中へ走りこんだ、けれど、子供たちを捕まえることはできなかった、だから、警察はサミー・デヴェニーを殴打した、あまりにひどく殴打したものだから、その後すぐ、サミーは亡くなった。

これほど難しい問題は、いままでのどんな類のものにも、例がなかった。

でも、まさにその翌日、数千人の人々が自宅を退去し、丘の上へと登って行った――その夜もまた警察がやってくるって、信じていたからよ。

その時、私、義父が上等のスーツを着るのを見ました。

義父は物静かで控えめな男、仕事についている数少ない人間の一人、ステキな男性、第二次大戦に行った、高く評価され勲章を授与された、でも、義父は知っていました、それでも義父も、義父のいる社会も、なんの価値もないって――

義父が晴れ着を着たのは、それが義父が人権のためにデモ行進できる唯一の方法だったからです、それこそが、義父が家族に見せられる威厳だった……

私にはどういうことかわかりました――「私は人間だ！　私の家族は人間だ！　私たちは動物じゃない！」


捜査の結果、警察の談合が暴露されました。写真が待ち伏せしている多数の警官を識別した。あれが一枚岩的な一党支配の崩壊の始まり。第一ユニオニスト政府は崩壊。紛争――あの夏、警察はただ路上で人々を銃撃した。完全に絶滅していたIRA・アイルランド共和国軍が戻り始めていた。そこへ、イギリス陸軍が「仲裁人」だと主張し、介入してきた、でも歴史はすでにイギリスは「プレーヤー」であったと主張、そしてまさにイギリス陸軍は「プレーヤー」になっていった。状況はさらに醜悪になった。

こういうことの真っ只中で、本当に戦争が始まりました、七〇年代の初めです、私はソーシャル・ワーカーとして職を得ました。


私の配属先は、バリマーフィーにある小さな福祉事務所――そこは、その当時も、今も、ウエスト・ベルファーストでは最も貧しい居住地区のひとつ。

私と私の友人二人が送りこまれたの、ほとんどトレーニングもされていないソーシャル・ワーカーが、**意図的によ。**若いヒッピーのプロテスタント信者の三人の女たちを、アイルランド共和国軍とイギリス陸軍が銃撃戦争をやっている真っ只中へ、事務所のあたり一帯で銃撃戦が起きてるところへ、送り込む？　明らかに、私たちが留まらないように、そして、あの人たちに事務所を閉鎖させる口実を与えるために計画されたこと！　そんなこと、私たちは知らなかった。私たちは知らなかったのよ、**なんにも！**

その地域で、私たちは「福利―妖精」ってよばれてたの！　私たちがやっていたことといえば――あの、誰かが事務所にやってくる――二人の障害児を持つ女性、しかも、妊娠してる、夫には仕事がない――なのに、私は**この女性に**「不備な点」について、アドバイスしようとしている。わかります？

だから、私たちは食料品の引換券を山ほど発行したの、他の物の引換券も、だから、突然、この事務所の**経費**が、ゼロから（擬音）ブ～～～～ン！

私たちは突然、イースト・ベルファーストの事務所に、転勤を命ぜられた――私たちの事務所は「危険すぎる」ので、閉鎖する予定だからという理由で。

私たちはただただ仕事に通い続けた。そしたら誰かに、「アイネーズ、あなたは組合に入ったほうがいい」って言われた。だから、組合に入った、そして、私が「福利＝妖精」の労働者代表に選ばれた、私たちたった三人だけのね！　これが私の労働組合の仕事へとつながった。

みんな三十年近く前の話、一九九九年に私がアイルランド議会労働組合初の女性組合長に就任する前のこと。あの当時、私は何も知らなかった！　私たちに何が**できないか**すら知らなかったのよ、私は。

私はもっと組合員を募るようにと言われた。あのね、誰も声をかけようとしなかったのは、パートタイムの女性労働者――**思いもしなか**

ったわ——あの人たちが「弱い」女性で、「あもなれない、こうもなれない」女性たちだったなんて。彼女たちを動員するための私の手、それは、彼女たちの**ニーズ**が本物なんだ、そして、彼女たちは「**重要な人間**」なんだって、思わせること。

あなたは給食職員——あなたは適切な履物を与えられなかった、そのせいで、学校の厨房で滑って、転んで、足を骨折した、でも、あなたは補償金を貰えない?

あるいは、病院の洗濯部屋の送風機なんて、だれもわざわざ修理しない、それで、汗が背中を流れ落ちている、なぜか——「あいつらは洗濯部屋で働いてる女たちにすぎないから」?

違うでしょ!

こういうことが起きてたのよ、**彼女**たちに。

だから、私はこういう問題に関わる人たちを組織化し続けた、彼女たちはどんどん組合に入ってきた。ストライキを決行する人たちがいれば、路上に出ている人たちが、食料品の調達を組織する。まっとうな人たちはピケラインに参加し、店を閉め、各々の事情を話した!

社会福祉事務所? 広場にある店舗の上層階にある空っぽのアパート。

ある時、センター近くに駐車し、車から出たの、そしたら、突然銃撃戦が始まった。男がふたり、数メートル離れた道路を渡ってた——一人はアイルランド共和国軍の地元の隊長、ブライソンって名前の男、二十三くらい、私、彼の身体がガクガクッて痙攣《けいれん》し始めるのを見た、そしたら社会福祉アパートの上層階から、騒がしい音が聞こえてきた——放置されたアパートからよ、みんな空き家だったのよ。

やつらはあそこに入り込み、あそこから撃ってきた。

私は走り始めた、地面にひれ伏した、やつらは発砲し続けた……　彼が死んだ後も、ずいぶん長い間。

それから、辺り中の家から女たちが出てきた。号泣し――叫び声をあげながら――女たちに、言葉はなかった。

あの人たちはこういう出来事とともに生きてたの、毎日毎日。私には「中に入る」、あるいは、「外へ出る」という選択肢があった。彼女たちには、なかった。彼女たちには、**選択の余地**はなかった。


ある著名な経済学者にお願いして、女性清掃員たちに会いに来ていただきました。

彼は、ケンブリッジやオックスフォードの世界に属している、そして、彼女たちは、ウェスト・ベルファーストの路上に属している。

戦場でした。

私たちは小さな部屋へ行き、着席し、話し合いをすることになった。彼は恐怖に慄いていた。彼女たちも恐怖に慄いてた。最初の一時間は、両者とも互いに話すことはなかった。

両者とも私に話しかけていた。

彼がテレビの上にあったスタートレック・エンタープライズのレプリカに気づいた、そして、彼が言った――「これ、どなたの?」するると、ひとりの女性が言った――「うちのひとのよ」

彼が言った――「これは○○モデルだ!」

彼はスタートレック・マニアだった、その女性の夫も――それで、彼女たちにとって彼は「人間」になった、そして、彼にとっても彼女たちは「人間」になった、で、私はもう仲介役を務めなくてもよくなった。

彼は「長期的には、長期的には」って言い続けてた、だから、彼女たちは彼のことを「ミスター長期的」って呼んだの、彼女たちには「短期的」なニーズがあったからよ、でも、彼はいかにニーズを長期的戦略で示さなければいけないいかを説明した。チャレンジする方法を案出していくなか、あの部屋には、ワクワク感があったの！

私は、「サービス」の削減は、人間の本質的な気質を否定することから生じるという事実を暴露した――衛生、養育、そういうこと**みんな**……そういうことを「消耗品」に仕立て上げてる！

あるミーティングでボスたちが清掃経費を削減しようと話し合っていた、それが良好な財務状況にいかに**必要不可欠**かって。

私はテーブルの向こう側のグレイのスーツたちを見回し、こう尋ねた――「ということは、**あなたたちの**年金も、**あなたたちの**福利厚生も、同様にカットされるのですか？　だって、あなたたち百人分の経費は、あの女性たち一万人分よ！」

戦争中だったので、社会福祉課は夜には職員を派遣しない、でも、ソーシャル・ワーカーの上司たちは、**私たち**に彼らの代わりを勤めるよう要求しました。

ある夜、十一時半に電話がかかってきたんです、自殺未遂があった、若い青年、手首を切ろうとした、薬も飲んだって。それで、私は車で出かけていき、ドアをノックした、それで、家族は大騒ぎ。私がしたことは、ただ聞いてあげただけ、でね、午前三時には落ち着いたの。

家族が私を車まで送ってくれた、ところが、私、車にキーを入れたままロックしてしまってたの！　それが関係を変えたのよ。みんなが笑い始めて、私のためにドアを開けてくれるっていうハンガーを持った若者を連れてきた、そして、二分で私は車の中にいた、みんながバイバイって手を振ってくれて、私は本通りへと運転して行った。

私の車が突然包囲された、兵士たち、落下傘降下兵、強力な最前線の陸軍、どういうわけか、だれかが彼らに通報したにちがいない。私の車のドアが一気に開けられた、私は引っ張り出され、車の上に投げ飛ばされた、兵士たちは大声で暴言を吐いていた――

おまえは誰だ？

おまえは**何者だ**？

おまえは、何を**運んでる**？

兵士の一人が大きな銃を私の両脚の間にピタッと突きつけ叫んだ――「このあばずれ女」、そして、別の一人が叫んだ――「免許証はどこだ？」

私は説明しようとしたの、電話で呼び出されたときに忘れたんだって……

その人、気づき始めたわけよ、この私はアイルランド共和国軍の**リーダー**か、**でなきゃ**、完全にものすごい間抜けだって！　彼が無線連絡し、私を解放するようにと命じられた。ということだったの。

やつらは日々の襲撃で、若い男たちを逮捕し、殴打した。

当時はものすごく異常だった……

銃を持った青年たちが福祉事務所に入ってきて、私たちの4ドアのボロ車の鍵をよこせと要求する。私たちは鍵を渡す、で、車はたいてい戻されてた……

私たちはただ前に進み続けた……

腕を組み、当時をふりかえるように――

北アイルランドは生きるにはとてつもなく不条理な場所でした。

いまだに変わらない。貧しい人間にとっては、とても寒い家。高齢者や精神障害者には、とても寒い家。

つまり、本当に、そうなのよ、北アイルランドでは、不正に対して異議を申し立てる者、現状維持派側にいない者は、**反対派**にならざるを得ない！　極度に凝り固まった権力システム！

覚えてるわ、私の親戚が言った言葉――「アイネーズ、こんなふうに私たちを苦しめる権利、あなたにはないわ！」

私は言った――（親戚に）「あなたにだって、他の人間を苦しめるような生き方をする権利はないわ！」

ストライキと女性清掃員たちから、九〇年代の「平等の連携」が生まれました――英国連合支持者、**そして**、共和党支持者、両方の地区の人権グループ、障害者グループ、コミュニティー・グループにより形成され、私たちみんなが協力し、共通する目的のもとに方針を具体化した。

私たちはともにキャンペーンを行い、ついに聖金曜日の和平合意が成立し、和平協定に署名した、その後、短い時間だけど会議を開き、私は言った――「この『聖金曜日和平合意』に、いくつかの条項を入れたいのです、それは、『いかなる公共政策も、その政策の影響については、『最も**人目につかない人々**を対象に試すよう義務づけること』、**そして**第二に、『その影響測定には最も**人目につかない人々**の**参加**を義務づけること』』」

私たちはみんなで出て行き、「**参加することキャンペーン**」を行った。

そして、ついに、私たちは可決させた！

参加することでのみ、権利は実現するのです。

ある日、私は「参加と人権の実践プロジェクト」で、ノース・ベルファーストの女性団体と一緒に仕事をしていたの。私たちみんな一緒に、公民館の小さな暗い部屋で円になって座ってた――流しには下水が逆流してくる――そして、この大勢の女性たち、みんな、考えうるかぎりの人生最悪の事態を生き抜いてきた女性たち――でね、私たちは「世界人権宣言」を、声に出して読んでたの、「不可侵の」という言葉にたどりつくまでは――それで、この言葉は発音するのが難しいっていうので、彼女たちが笑い始めたわけ、で、私が言ったの、「**書く**のも難しいのよ！」

「だけど、どういう**意味よ？**」って、一人の女性が私に尋ねた。

「不可侵」、その意味は、「私たちが読みあげていたすべての権利は、すべて人間ひとりひとりが持ってるものなの！」

「ああいう権利を手に入れるには、あたしたちは何をしなければいけないの？」

私が言う、「ああいう権利はあなたたちが持ってるものなの、それは、あなたたちが人間だからよ！」

「**あなたたちのもの**よ」、ってその女性は驚き、私をじっと見つめた。

「うわぁ、それって、最高にキッタネェ隠し玉級の秘密――としか、あたしには言えない！」

（情熱的に）「平等の権利」を、すべてのものごとの「核」に据えれば、**すべての人間**が交渉の席についていることを、確認しなければなりません。

誰が席についていないのかを、見極めなければばなりません。

誰が**部屋に**いないのかを。誰の声が届いていていないのかを。

私たちは、私たちの力を駆使して、変えようとしていますか？　ご褒美は、変化です。これが平和を、異なった類の社会を、形作るということです。

和平合意の署名後、私たちは「連携グループ」会議を開きました、私の親友の一人、テリー・エンライト——彼の息子さん、数カ月前に惨殺されたの——テリーは会議のパネリストの一人、そして、テリーの傍にいた男は、テリーの息子さんを殺した組織の創立者。その男は話し始め、私たちのディスカッションに加わった。彼は英国連合維持派の最も貧しい地区の出身だった。

彼は、自分が利用されたことに気づいた。北アイルランドの「ユニオニズム政党」でそのことに気づいたって言った——カトリック教徒たちは地下室に住んでいる、私たちは一階に住んでいる、そして、すべては上の階に住んでいる人たちが、**私たち**を自分たちの闘争のために利用したんだって……

あの二人はどうやってあそこに立っていられるの？　二人並んで？　あの二人の男たち。北アイルランドには、他にもやまほどいる……**私自身**だって、私のいとこを殺した男と一緒の部屋にいたことがある……

人は**前に進むしか**ないの。人は「被害者意識」の中に住むことはできない。

おかしな話だけど、変化を求められたときに力を持つのは、自分たちは**被害者だ**とみなしている人たちのグループなの。その渦中に、今、この瞬間、私たちは生きている。ある意味、被害者だったことがある人たちは、なぜか変化に対応しやすいと思う——その変化は、全体的に見ると、彼らがそれ以前に持っていたものより「いいもの」だからよ。そうでしょ？　ほとんど**不可能**に近いのは、抑圧的なユニオニストのグループに変化を受け入れさせること。

数年前、イスラエル人の女性と、パレスチナ人の女性が、会談のために、北アイルランドにやって来ました。

（想像上のグループを見渡し）最初に二人が到着した際、テンション、恐怖、そして、怒りの匂いがした、感じられた。

私は言った——「あなたがたは計り知れない危険を冒して、ここに来られました。みなさんの多くは、ご自身の社会から出られたのは生まれて初めてでしょう。ですから、みなさんが神経質になるのは当然です——」

と、同時に、私はどちらの女性にも、反対側に対する計り知れない「怒り」を感じる。北で三十年以上も闘争を重ねてきた結果、私は学びました——自らの痛みに完全に溺れてはならない、と。自分自身の人間らしさに、余裕を残しておく必要がある——他人の痛みに気づけるだけの、余裕を……

意見を異にする者たちを尊敬するとき、人は本当に人権を認めることになる……

私は二人を見て、考えていました——傷口をあけたなら、それを癒せなければいけないって。二人には「自分の魂をむき出しにしてはいけない」と助言しました——自分の社会ではないところで、「仲裁役」としてもてはやされることが、自分の社会で、孤立し破壊されることにつながる可能性がある、ということも。

私はあの人たちに伝えたかったの、あの女性二人に——帰国し、自分の国の人たちに話しをするとき、その人たちは「変わる前のあなたたちと同じだ」ということを、あなたたちは認識する必要があるのよって……あなたたちは、この任務のためにすべてを危険にさらす必要はない。ただ小さな**一歩**を踏み出し、前進するだけ。いつだって最初の一歩が、巨大な一歩よ！

（じっと考えている、そして）……とっても孤独な道、でも、その道すがら、スゴイ人たちに出会うことになる。

——モノローグが終わる——

夜の風

ルース・マーグラフ
RUTH MARGRAFF

ファリーダ・アジジ（アフガニスタン）との
インタビューに基づくモノローグ

〈登場人物〉

ファリーダ・アジジ
アフガニスタン人。
美しく、引っ込み思案、非常にインテリ。
自身の感情面での傷跡はめったに見せない。
五十代。

ブルカを纏った女性、ファリーダ・アジジが、現れる――歩いている――初めは夜空を背景にシルエットで。

夜の風が吹いている――ファリーダは自分の故郷の風景を、アフガニスタンの心を、感じている――夜通し、アフガニスタンとパキスタンの国境地方を歩きながら、常に故国に戻ろうと試みながら……

時は、二つの国境線のはざま――そして、時には止まり、時にははとらえがたい。

ファリーダ・アジジ　夜の風のなか、故郷《ふるさと》を思うとき、私は山影を思います、アフガニスタンの国境で身を隠しながら、何度も何度も歩いた夜。この私を動かすのは、地雷を越えていけるよう、私の歩みを導いてくれるのは、女たちの顔なのです。

私は女性がたった一人で子供を産むのを見ています、医者がいないから、クリニックがないからです。

私には見える、私の目の前で息を引き取るあの人の顔が。落ち着いてなんかいられない。私が彼女を助けなければ――どうすれば助けられるの？　私に何ができるの？　彼女のような女性たちを助けるために？

どうして家で座っていられるの――私が歩いていけば、たとえ夜でもああいう女性たちにたどりつけるのに、寄りそって座り、尋ねられるのに――どうしたの？　あなたには何が必要なの？

時にはね、彼女のような女性たちに基本医療を届けるたった一つの方法は、人里離れた地域まで歩いていくこと。**ブルカ**だって変装する時にはいいものよ、だってタリバン体制は男性の医者が女性を治療することを禁止しているから、そして、医者になる教育を受けた女性はひとりもいないから。だから、私は自分と小さな息子ふたりを私の**ブルカ**の中にしのばせて、女性たちに予防接種、公衆衛生、栄養学の訓練をしに行くの。

　クリニックもない、病院もない、交通機関もない、ということは、なんにもないんです。私たちは基本的な助産婦ツール・キットを作ったの――爪切り、手を洗うための石鹸、手袋、お産をする場所用のビニール・シート、へその緒を切るためのはさみ、熱を測るための道具。

〈ロシア人からの逃走――一九八〇年〉

　一九八〇年、アフガニスタンから始めましょう――私は生まれてから九歳まで、ずっとアフガニスタンで過ごしました、いつの日か父のようなお医者様になるのを夢見ながら。カブールでは、私たちはすべてを持っていました、それに、仲間はずれではありませんでした。

　でも、私たちはロシア人から逃がれなければなりませんでした。陸軍の飛行機がありとあらゆるところを爆撃し、女性や子供たちが私たちの家に押し寄せてきました。あの人たちは、我家《うち》にくれば安全だって思ったの、父ならロケット弾の攻撃から彼らを助けだしてくれるって。我家の居間に穴があくまでは。

〈ペシャワルの難民キャンプ――一九八〇―九二年〉

　青春時代最高の時期を、パキスタンの難民キャンプで、十五年もの間過ごすために捧げることになるなんて、私たちには知る由もありませんでした。

最初は、姉妹たちと私、私たちは夜になるとオレンジ色の花、カブールの水仙の花を欲しがって泣き叫んでいました。何年もの間、私たちは学校へ行けませんでした、テントの外には出られませんでした――誘拐されるかもしれないから、軍司令部に売られてしまうかもしれないから。

長い日々が、長い月々になり、兄が**ムジャヒディン**、イスラムの戦士になる――ロシア人に立ち向かうために、キャンプを取り仕切る護衛兵のようになる時が来た――と言いました。

兄と青年たちは闘うため、武器と補給品を手にいれました。兄は私たちをペシャワル・キャンプの中にある一室に移動させました、コンクリートの床に少し水を注ぐことで涼しくできる部屋に。姉妹たちは眠れず、私たちは泣いていました――「どうしてパキスタンになんか来たの？　ここは地獄よ、砂漠よ」

扇風機の風さえ、ものすごく暑く、黒い――扇風機を止めて、自分の洋服に水をかけなければなりませんでした。

〈学校の夢〉

夜は、夢を見ることにしたの――学校の夢を見ようとしたの、どれほど私が父のようなお医者様に、大勢の難民たちを無料で診察してあげられるお医者様になりたいかって夢。

でも、学校の窓が撃ち抜かれるのが見えた、護衛兵が撃たれるのも――学校は襲撃され、閉鎖された。

昼間はキャンプのなかで、教育を受けたアフガニスタン人の女性たちが、ヨーロッパの書類に記入するお手伝いをして、心を満たしてた。英語プログラムの教師たちの助手として働いた。国外居住英国人女性資料センターの監視員や翻訳者たちのお手伝いをした。そして、私の国の女性たちがどれほどの弱者であるか、彼女たちがいかに苦しんでいるのか、が見え始めた。

〈幼な妻と火〉

十四歳になると、たいていの女性たちは結婚します。なかには十歳で無理やり結婚させられる女性もいます。たった六歳の小さな女の子が——だれも育てることができない孤児よ——子供が産めるようになる前に結婚させられていくのを見ています。

その子の人生は、たったの四十四歳までしか続かない、それが平均寿命。

その子は、ものすごくたくさんの子供を産む、助産婦さんもなしで、当時はね。虐待されたとしても、その子には選択の余地はない。その子には、人生を生きていく経済的余裕を与えてくれるスキルも、教育も、投資資金もない。

その子は永遠に、その家の妻のまま。

「あなたがその家を出られるのは、あなたが死んだとき……」

だから、その子が夫と離婚するというのは、とても不名誉なこと。

その子が虐待を理由に父親に支援を求めて戻ったとしても、親たちはその子を受け入れない。

その子は離婚できない、その子が安全でいられる避難場所はどこにもない。

その子に残されたたった一つの選択肢は、こういうことすべてを受け入れること、でなければ、自らに火を放つこと。
アフガニスタンのヘラートでは、三百人の女性たちが自らに火を放った。そのうち百八十人が死亡。これが、最後の選択肢。

〈難民高校／ネブラスカ州〉

ついに、私の初めての本を開いたとき、私はものすごく幸せでした、だってそれまでは、本はなし、ノートもなし、学校もなし、図書館もなし、私たちはメモをとるときは、一冊の本から手で書き写していたんです。あの本は、アメリカのネブラスカ州立大学から私のもとへやってきました。人道支援によって購入されたあのような教科書で、医学を学ぶかわりに私の精神が暴力でいっぱいになるなんて、私には知る由もありませんでした！

何百万ドルもかけて、NGOがペルシア語に翻訳したんです。そうすれば私が学べるから――

「弾丸五個 カケル 爆弾五個 イコール 武器二十五個。オレンジ色はロケット、青色はスティンガー低高度対空ミサイル、緑色はカラシニコフ自動小銃。もし、一人のムジャヒディン、イスラム戦士がロシア人四人を殺したら、何人のムジャヒディンが目をさまし、祈り、その後、戦場へ行き、ロシア人を殺すでしょう？」

母とは何か、兄弟とは何か、という授業ではありません――そう、私の初めての学校は、「戦士になれ」というプロパガンダでした。
だから、私はいつも言うのです――「私たちはゼロ――最も若い世代――から始める必要がある」って――私は、教育には「イエス」って言うの、でも、あなたがたの言う教育って、どういう類の教育？

建物はとても簡単に建てることができる、六カ月か一年、でも、まず「精神」を構築するほうが好ましい、それから建物を建てる、そうすれば、建物は精神において安全になるから。

〈故郷へ帰る試み——一九九二年〉

私の家族が最初に故郷《ふるさと》、カブールへ帰ろうと試みたのは、一九九二年でした。空はまだまだロケット弾であふれていました。私たちは、今度はタリバンから逃げなければなりませんでした、すぐにパキスタンへ逆戻り、以前と同じ安っぽいコンクリートの宿舎へ。

〈再び、故郷へ帰る試み——一九九三年と九四年〉

再び、一九九三年に、カブールへ、私が生まれた地へ、戻ろうとしました。

今度は私は結婚していました、でも、またまたロケット弾が多すぎました——私たちは下水道に身をひそめ、停戦になっていたパキスタンへ再び逃げ戻るしかありませんでした。あの時、何千人もの人たちがパニックになりました、逃げようと押しあっていました、交通機関はなし、道路はすべて閉鎖、あるいは、爆破されていました。

一九九四年には、再び集団脱出です。

私たちは、カブールから脱出しようとした車やバスが、地雷を踏んで爆発するのを見ました。

見たんです、大勢の人が、血まみれになって歩いているのを——自分の傷からの血ではありません、死んだ人間の、遺体の上を、歩いてきたからです。

〈赤いケシ〉

時々、アフガニスタンとの国境へ来ると、たくさんの赤やピンクの花が見えることがあるの——道路の両側にね。それで、私は思うの——ああ、そうよ、私の国はとっても美しい。それから、その花はアヘンを採るためのケシ、そのケシが公然と栽培されてるんだって、気づいたの。

みんなはね、油や、石鹸、肉や紅茶を買おうとするとき、考えるんです——

「どうしたらいいの？ 小麦だけを植えていたのでは、ああいうものを買う余裕なんてない。ケシを植えれば、私たちは何年も生き延びられる」

密売人たちが栽培費用を出すの、でも、もし日照りがあったり、部族軍がケシを破壊したりすると、みんなはすでにお金を使ってしまってる。結局、さらにひどい流血事件。

日の出前にケシ畑に出ている女たちを見かけます、男たちと一緒に、ミルクが出てくるまで茎を切ってる。そして、アヘンが吹き抜けていく、女たちのドレスを、髪を、口を——女たちが中毒になるまで、あるいは、注射からうつるエイズにかかるの。

北部では、母親が子供を落ち着かせるためにアヘンの小さな一切れを与えるの、そうすれば母親たちは、一日十時間、絨毯を織れるからよ。だから、ここからなのよ、そうやって子供たち自身が中毒になっていく。

私たちは、彼女たちにアヘンの影響に気づいてもらおうとしているの、アヘンがいかに彼女たちを破壊するかをね！

〈女性の権利の草の根活動、一九九六年―二〇〇〇年〉

一九九六年から二〇〇〇年まで、私はノルウェー教会支援プログラムでキャンプの中にいるアフガニスタン人女性のために働いていました。私は、家内工業と秘密の学校を設立するために、さらに頻繁に、夜中に、歩いて、パキスタンとアフガニスタンを往復するようになりました。

ムジャヒディン、イスラム戦士の高官たちは、みんながみんな、女性を差別するわけではないことがわかりました。

時々、戦士たちが私を見てるって感じるの、夜中に女性たちの逃走を手助けしてる私を。戦士たちは私たちに、地雷のある場所を教えてくれる、あるいは、行ってはいけない方向を教えてくれるの、盗賊がいるかもしれないからって。山の中を三日間歩き続けている私たちを、戦士たちは夜空の影のように案内してくれる。

戦士たちは自分たちの評判がすごく悪くなるのを望んではいない、だって預言者ムハンマドの時代は、**ムジャヒディン**、イスラム戦士は、自らの家族を守らなければいけなかったから――身内の女性に何かが起きたら、彼らの名誉が傷つくことになる。

女性たちの一人が私に話してくれました――「あんたがここに来てくれるとね、うちの娘もあんたみたいになれたらいいのにって思うよ」

私、言ったの――「もちろんよ、娘さんだって私のようになれるわ！」

――「**娘には、何かを学んでもらいたい**」

――「そうね、いかに恩恵が得られるかを知ると、人は多くのことを学ぶことができるわ」

ある人たちは、自分たちには何もできない、「文化の壁」のせいだ、あの人たちが自分たちを入れてくれない、あの人たちは保守的だ、って言います。

でも、私は思うの――時間をかけさえすれば、あの人たちとともに座り、あの人たちの信頼を得られさえすれば、あの人たちにわかってもらえるようにあの人たちの言葉に耳を傾けさえすれば、きっと歓迎される。

同胞たちがあるプロジェクトを必要としてるってあなたは知ってる、なのに、あなたがその同胞たちを無視したとしたら、誰がここへ来て、こういうことをしてくれますか？

あなたは同胞たちが苦しむのを見たいの？

あなたは変化を起こしたいの？

「殺されるかもしれない」って、あなたは言う。

私は言うわ――「私があなたと一緒に行きます」

「来ないで」なんて、誰が言いますか？

私があの人たちの前に立つ。

あの人たちが来たら、私があの人たちの質問に答える。

〈タリバンの妻〉

私たちは、タリバンとさえ連携しました。私はいつも彼らにオープンに話していました――このプロジェクトはどんなものか、いかに女性たちの役に立つのか、予算は、反響は、どれくらいなのか。

タリバンは言ってくれました――「**わかった、あなたがたのプロジェクトを許可しよう、ただし、あなたがたが女たちに、コーランの聖なる言葉を教えてくれるなら、祈りについ**

て教えてくれるならね。それと、あなたがたの資料を見せてもらいたい、イスラム教に反することが一切ないことを確認したい。西洋思想を強化してほしくないのでね」

私たちは、「それでけっこうです」と言いました。

私たちは資料を、助産婦ツール・キットに入れています——お祈りの仕方、家の掃除の仕方、年長者を尊敬する方法、夫を幸せにする方法、料理の仕方、五回の祈りにはどういう意味があるのか——女たちはこういうことを知っていなければなりません。だから、タリバンは私たちを受け入れてくれました。

ある日、私が歩いていると——疲れ果ててね、何時間もかけて女性たちを訪ねていたからよ——

彼らが私に言ったんです——「道端で三時間、あなたを待って、立ち続けている男がいます、彼はタリバン、なにか武器を持っています」

私は答える——「私はだれとも会いたくありません」

——「彼はあなたに会いたいと言い張るんです」

——「あなたがたが彼の要求を聞いてきてください」

——「彼は何も要求していません」

——「わかりました、では、私は帰ります」

その男が帰り道で私たちを止めたんです——「車を停めろ」

私は黙っていました、タリバンは女が男たちと話すのを好まないからです。

その男が言いました——「ブルカを着たその女性と話がしたい」

私が言う——「いいでしょう」

彼が言う——「私がずっとここで待ってい

たのは、あなたに礼を言いたかったからです」

衝撃的でした。

「あなたは私の妻と妹を、母を助けてくれています。あなたの健康管理プロジェクトに参加した後、私が家に帰ると、妻は清潔なんです、ステキな服を着ているんです、妻は時間どおりに祈りを捧げ、子供たちと話をし、何が良くて何が悪いかを教えています。今、私は妻を愛しています。お願いですから、また来てください、私たちにはもっとああいったプロジェクトが必要なんです」

私が言う——「そうですか、それはよかったです、でも、もう少し早く教えてくだされればよかったと思います、だって、私、怖かったんです、何を…… あなたが何を私におっしゃるのかなって！」

その男は言ったの——「私はあなたに直接礼を言いたかったのです」

〈こういった価値観〉

私の文化にあるこういった価値観を、私は素晴らしいと思います。

私たちは何世代も何世代もつながっている。良いことも、悪いことも。

アフガニスタンの女は「いやです」とは言えない、祖父母が病気になったら、女が面倒をみなければいけません。女は言えないのです——「いやです、私は疲れてる。そんなことできない、私には薬を買う余裕なんてない」

車がなければ、両親を背負って連れていかなければならないのです。

〈アーモンド果樹園〉

どうしてあの子たちは泣いてるの？

おばあさんが私に、おばあさんのアーモンド果樹園で一緒に座り、お茶を飲みましょう、って言います。おばあさんは自宅からヨーグルトを少し持ってきます。

おばあさんが言う――「あの子たちは母親を求めて泣いてる。父親は殺された、そして今、私の義理の親たちが、司令官のひとり、金持ちで給料もいいお方と母親を結婚させようとしてる。夜、武器を持った部族軍がやってきた、母親を無理やり、子供たちの前で、強姦し、連れ去った――それからずっと、あの子たちは泣き続けてる」

「私ならその母親を助けられる」――と私は言う――「そのために私はここに来たのよ」

おばあさんが言う――「いいや、もう何もできることはない。この村で起きてることは――誰も知らない。また、起きるさ」

私はこの件を報告したかった、でも、私が来たのはあの人たちの秘密を外部へもらすためだと思われたら、あの人たちは決して私を信頼しない。

怖いもの知らずの方が、怖《お》じけづくよりいい――怖れを抱けば、何もできない。

〈タリバンの脅迫〉

ある日、ノルウェー教会事務所に来たら、ある男がメッセージを残していました――「この花束をファリーダに届けてください」

この時期、私たちプロの人間の非常に多くが、誘拐されたり、逮捕されていました、たとえ遺体が見つからなくても、行方不明になっていました。

その男はメッセージを残していきました――「我々はここにいる」

最初は、花束を届けてくれる勇気なんか誰

にもなかったと思います――どうやって彼らはやってのけたの？

私はものすごく怖かった。私は警備員に花束を捨てるように頼みました。

でも、その男は戻ってきました、それで私は彼を出迎え、敬意を表し、学校から来た人なのかもしれない、と考えました。

私たちは「女性のための小さなビジネス」を起業するためのローン、そして、暴力ではなく平和を広めるために「虹」という子供用の雑誌のローンを、支援しています。

その男は雑誌を手に取ると――「あのさ、このノルウェーの『虹』の表紙には鳩がいる。それに、この二つの手が何を意味しているか、わかるか？　これはキリスト教のシンボルだ、だから、ノルウェー人はみんなにキリスト教徒になって欲しいんだよ」

私が言う――「私はイスラム教徒です、私はここで働いています、だれも私にキリスト教徒になるよう無理強いなどしません。私たちはひどく苦しんでいる人たちのために働いています、だから私たちはノルウェーの方々に感謝すべきです、非難すべきではありません」

彼が言う――「**違う、あんたはわかってない、これはやつらの政治的計略だ。ノルウェーのやつらはみんなをキリスト教徒にしたいんだよ**」

――そして、彼はどんどん議論をふっかけ、立ち去ろうとしない、**自分の**プロジェクトのためのローンを私に支援しろと言う――

でも、私は言う――「あなたの企画がどのように女性の助けになるのですか」――だって、ああいう類のプロジェクトは助けにならない。麻薬取引を増加させる、あの人たちは麻薬密売人――

すると、彼が言う――「いいか、たやすいことなんだ。私にはなんでもできるんだよ、あんたたちに、あんたたちの家族にな――この雑誌をやめないなら――私があんたたちの事務所を破壊する、あんたが二度とアフガニスタンに足を踏み入れることはない。

私はイスラムとパキスタンの諜報員を知っている、私はそういう人間を知っている、そういう人間が私を支援してくれている、私自身も諜報機関の人間だ。私はこういうことを知っている人間だ、あんたが私のプロジェクトに資金を提供しないなら――。何が起きるかわかるだろう、あんたに、あんたの息子たちに、あんたの組織にな?」

私が言う――「わかりました、私はここにいます、あなたにできることがあれば、なんでもおやりなさい。

私たちはあなたのローンを承認しません。私たちの資金は貧しい人々のためのもの、でも、あなたは貧しい人々ではありません、だからここから出て行ってください。

もしあなたに善悪の判断がつくのなら、あなたはご存知でしょう――私がコーランを知っていること、神様がなんとおっしゃってるか、ムハンマドがなんとおっしゃっているか、ご存知でしょう」

彼はものすごく腹を立てた。あの時、彼は私を殴りたかった。

「また会いにくる」――彼は言う――「私にできることはやってやる」

そして、警備員たちが彼を連れ去った。

彼は私にじゃんじゃん電話をかけ続けました、毎日――その時でした、私はみなさんに言われたのです――子供たちのために、アフガニスタンを出て、アメリカへ行きなさい。

〈大きな数字〉

もう新聞でご存知かもしれませんが、二〇〇一年の私のアメリカ亡命で最も辛かったこと——アフガニスタンの女たちを直接支援する平和構築政策のプロモーションのために連邦議会に行ったときのこと。私がヒラリー・ロダム・クリントンの援助を受けたことは、おそらくご存知でしょう——もう一度、私は隠れ、逃げなければならなくなりました、生き延びるために——私はとても重い病気でした——でも、今度は、夫から逃れなければならなかったの…… 何かが全然うまくいかなくなってしまった…… 私の心のなかでね。

自分が死ぬかもしれないって、わかってました。夜中に、ある少女が、その子の家の奥の方で音楽を奏でているのを聞きました。タリバンが長い間その子が音楽を演奏するのを禁じてるって、私、知っていました——でも、私はその子にささやいたの——（辛そうに、ファリーダは身を隠し）「そこから出てらっしゃい、あなたはとても美しい、お願い、あなたの音楽を演奏して。私は聞きたいの！」でも、その子の音楽は消えていきました。

私たちが、害を及ぼすことがないようにさえできれば、そう戦略を変えることができれば、私たちがやって来る以前からあるものを、そのまま生かすことができれば——って私は考えます。

私たちはすでに持ってるのです、法律も、憲法も、平和を生み出すために必要なものはみんな。でも、あなたがたは、私たちには民主主義が必要だと言う——

もし私たちの基本的なニーズを満たす避難場所が得られないなら、私たちにはそんな類の民主主義はいらない。

もし私たちが子供たちを食べさせることができないのなら、いらない。

苦しんでいる人々を見たら、あの人たちがどれほど私たちを頼りにしているかわかったら、「何もできない」って言うことは、とても難しい。

私にはとても難しい、だって、私には暗闇のなかであの人たちの顔が見えるから、小さな助けが、いかにあの人たちの人生を大きく変えることができるかを、知っているから。

アフガニスタンのためにあれもしよう、これもしよう、という山ほどの約束、でも、いまだに何も変わらない。このことに私はひどく傷ついている。

アフガニスタンの女たちのために約束された大きな数字、数百万という数字を見ます、でも、私たちはいまもアフガニスタンの女たちにたどりつけていない。彼女たちが飢えているのは一日だけじゃない、じゃ、あなたはどれくらいの期間、食料を供給できるのですか、一週間？　一カ月？　どれくらいの期間？

もしあなたがたが、アフガニスタンの女たちに、草の根の技術という形で援助したら、そうしたら、彼女たちは自らを助けることができる……

私たちの国にはこういう諺があります――

「小さな、小さな一滴が、川を作る」

〈このような女性たち〉

私、夢を見るんです――子供たちと一緒に母国の東部を、最も辺鄙な地域を、歩いている夢を。道なんか一本もないところ。

年老いた女たちが私に呼びかけるの――「ファリーダ、見て、ここじゃあ、ブルカを着なくてもいいんだよ」

女たちは問題を解決するために表に出てきているのです、女たちは顔を隠していない。女たちは言うのです——「この村では、あんたは安全だ」

小さな紙きれが雪のように降る。

〈小さな紙きれ〉

そして、気がつくの——これは私が訪ねた村だって。

私、夢を見るんです——小さな紙きれが、雪のように降ってくる夢を。手を差し伸べると、それは私のための祈りだと気づくの。ものすごくたくさんの女たちが祈ってる——この私が死なないように、私に危害を加えようとするもの、私のこの心を打ち砕くものから、逃げられますように——。

私が祝福されますように、という祈り。私の苦しみがすべて消え去りますように——。

太陽が昇る前の黒い風のよう。私はひとつ、ひとつ、祈りを読む、そうすると私に力が戻ってくる。私たちはこんなふうに互いに助け合っていくのです——迷ったときにはね。私たちに与えるものが何もなくなってしまったときにはね。私、思うんです——こんなふうにして、私たちは生き延びていくのだと——。

——モノローグが終わる——

ハフサット・アビオラ

アナ・ディヴィエール・スミス
ANNA DEAVERE SMITH

ハフサット・アビオラ(ナイジェリア)との
インタビューに基づくモノローグ

〈登場人物〉

ハフサット・アビオラ

ナイジェリア人。

背が高く、痩せている、浅黒い肌、早口、柔らかな口調、ほとんど間は取らない、快活で、非常に魅力的、高学歴。

三十代。

ハフサット　私はワシントンにいた。あの日の朝早く電話があったの、ナイジェリアで何かがあったって、で、私は絶対にパパに関係することだって思った。

で、私はワシントンＤＣに行って待つように、って言われた。兄がワシントンにいたの、で、私たちみんな兄の自宅に、ワシントンのアパートに集まり、知らせを待ってた。

姉のアイヨから電話があった、姉は電話をかけてきて、私に言った――「何か知らせてきた？」

私が言う――「いいえ」

しばらくして、また姉が電話をかけてきて、言った――「何か知らせてきた？」

私が言う――「いいえ」

そして、姉が言った――「ハフサット、あなたのママが亡くなったの」

姉だったの、私に知らせてくれたのは――

ナイジェリア人、背が高い、とても痩せている、浅黒い肌、ストレート・ヘアーのウィッグ、首のまわりにはスカーフ。

彼女は、部屋に置かれたテーブルの前に座っている――あふれるような自然光のなかに。

鉛筆一本、アチェベの本、ホット・チョコレートの入ったカップを持っている。

満面の笑み。

話すスピードは速い。さほど内面化しているようには見えない――ほとんど、あるいは、全く間をとらない――ただひたすら話し続ける――最後まで。快活。（ベケット作「私じゃない」のように――）

段落と段落の「行間」は、「短い間」を示唆している。

作品全体が「長い一息」のように感じられるとよい。

あの時点では、姉たちはすでに知らせを受けていて、姉はきっとだれかが私に電話で知らせるだろうって思い続けてたんだって。でも、誰も電話していなかった。姉は、他の方法では私に知らせたくなかったの。だって、ナイジェリアでは、こういうことをどのように知らされるかが重要なのよ。

腹違いの姉なの、でも、本当の血縁と同じ。私たちは区別しない、ほんとよ。

姉は長老の一人が電話をかけるだろうって考えてたの。でも、ナイジェリアのみんなは、この出来事で激しい衝撃を受けていた。全員がね、だって、ナイジェリアでは、イスラム教徒は二十四時間以内に埋葬されることになってる。だから、ママが殺されたって聞いたとたん、みんなが次に考えるのは、ママを適切な時間内に確実に埋葬するために、何をどう手配すればいいのか？ってこと。そして、すべてをいかにして準備するか？　だから、みんな、電話なんかかけてられなかった。

あの、一回目に姉が電話してきて、「なにか知らせてきた？」って言ったとき、私は「いいえ」って言った。

姉は言った――「あなたのママが事故にあったの」

私、言ったの――「ア～ッ、わかった」

私は心配なんかしてなかった、だってママはとっても強い人だってわかってたから。ママの生命を奪う交通事故なんて、私には想像もできなかった、だって、とにかく、想像できなかったのよ、ママは不屈の精神の持ち主だったから――ママを殺せる「何か」があるなんて想像できないくらい、とっても強い人。だから私は心配なんかしてなかった……

実際、私はどの程度の事故か、という知らせを待ってた、私たちに何をして欲しいのか、とか——私たちは飛行機でこの国を出る必要があるの？とか——そう、こういうことが私の頭の中をよぎってたの、姉が次の電話でママが死んだって知らせてきたときはね——。ママは事故にあったんじゃなかったの、単に暗殺されただけ。

母はカナダ大使館へ車で向かっていました、カナダ大使との会談のためです、民主化運動の協力者登録を行うという仕事で。

母は射殺されました。

一九九六年でした、母が通りを車で走っていると、つけてきた車が——兵士が乗った車が——追い越し、母の運転手を撃った、運転手が運転できないように、逃げられないように——そして、母の頭を撃った。

狙い撃ち、ええ、そうよ——

でもママが、何が起きたのかわかってたかどうか、私にはわからない、だって、あまりにも急な出来事だったから。あの、たぶんママは——遠くからじゃなかった、つまり、車は並走してたわけ。きっとママは自分が聞いた音は「タイヤがパンクしたのかな」って思ってたと思う、そしたら、あいつら、ママを撃ち殺した。

ママが殺されたとき、パパはまだ刑務所にいた。

ママのときは、電話だった。

そして、パパのときは、電話だった。

私は仕事中だった。あの時、私はスペシャル・オリンピックにいた。ワシントンにいたときに、一人の新聞記者から電話がかかってきた、そして記者が聞いた——「お気持ちは？」

私は言った——「なんに対する？」

――「お父様が亡くなられました」
――「あなたは間違ってる」

でも、もちろん、あの記者は間違ってなかった。

父は、亡くなりました。出席していた会議のせいよ、あの時は米国国務省とナイジェリア政府職員との会議、父は、その会議中に亡くなりました、あの、殺されたって私は信じてる、おそらく、毒殺。

そう、あの電話のとき、私が期待してたのは――父の釈放。一九九八年のことよ。父は、あと数日で釈放されるはずでした。それで、父には最後の一連の会議があったの、色々な人たちとの会議、外交官――国連事務総長とか――コフィー・アナン、当時の国連事務総長、父は死の数日前に事務総長に会ってたんです。そう、父にはこういった会議があったんです、釈放準備のために。

父はものすごく貧しい家庭の生まれ。でも、父はITTのCEOになった。みなさんがこの電話会社のこと、ご存知かどうかわからないけれど。父はナイジェリアのITTのCEOになった、そしてアフリカ部門の副社長に、それから、ITT経由でインテルの取締役になった、つまり、父はテレコミュニケーション分野のメジャーなビジネスマンになったんです。

そして、そこで得た資金でベイカリーを始めたの、私の国で一番大きな製パン会社の一つ。父は出版社を設立し、**コンコード**を出版してる、ナイジェリアでは最大発行部数の新聞のひとつ。そう、多角化してビジネス帝国を築く代わりによ、父のお金はあそこから入ってきてたんだけれどね。

究極の貧困層の出身だったので、父は、いつもお返ししなければいけないと思ってた、私たちは貧しい人々のために多くのことをしなければいけないって、だから父は、私の国で最大の慈善家のひとりでもあったの。そう、これが「人々は記録を見る、そして、約束を見る」と私が発言したときに提出した参照用の記録。

父はナイジェリア最大の慈善家のひとりで、民族や宗教に関係なく資金を提供した。つまり、父はキリスト教には借りがあるって感じてたの、私の家はイスラム教、でも、父はキリスト教に大きな借りがあると感じてた、自分の家が貧しかったからよ、カトリックのミッション・スクールが父に奨学金を出してくれたから、父は教育をすべてナイジェリアで受けることができたの。父はすっごく優秀だったから、奨学金をもらってスコットランドのグラスゴー大学へ行った。

そう、父は本当にわかってた、父に「違い」をもたらしてくれたのは、こうやって自分に与えられた機会だったということ、このことを本当に理解してた。だって、父と他の貧しい人々との違いって何？　単に他の人たちには、奨学金へのアクセスがなかった、それだけ。

だから、機会。機会なのよ、父が感謝してたのは。

イエス。そうよ、慈善家として父は資金を提供していた。チャリティーに資金提供した、モスクに資金提供した。ナイジェリア中の大学に数百万を提供した、わかるよね、いつも支援したいって思ってた。

人々を支援する。そう、これなのよ、ナイジェリアの人々が評価したのは――だって、一九九三年にはナイジェリア人の大多数が貧しかった、そして、九三年には、人々はこの男こそ貧しい人々に対する思いやりがあるってわかってた、だからこの男、私の父に、投票した。

そして、そういう人々を裏切ることになる条件交渉を軍部が試みたとき、わかるでしょう……　軍部は父に、彼らが「職」にとどまることを受け入れて欲しかった。

軍部は父に、「選挙無効」を受け入れて欲しかった。だって、軍部はわかってたのよ、父が受け入れたなら、なんにも変わらないって。軍部はわかってたの、父が軍部のしたことを受け入れたら、人々は憤慨はするって――だけど、集会を持つ理由がなかったら、人々のエネルギーは拡散し、みんなは家に帰っていくだろうって、そして、今回のことは個人が家で泣き、話す出来事で終わるだろうって。でも、アビオラが、人々が投票した男が、**受け入れなかった**としたら、彼を中心に運動が生まれ、動員されるかもしれない。私たち、最終的にはそうしたの。父が受け入れなかったとき、九四年の後半よ、軍部は父を刑務所に送った。だから私たちは運動を起こした。

で、私のママは、夫・アビオラがまだ刑務所にいたから、ママがあの運動の「声」になった、だって――軍部が国民に対し、アビオラは「受け入れる」と言い続けていたから、でも、アビオラはまだ刑務所にいる、第一に、これは彼が「受け入れない」という印、そして第二に、彼の妻が「夫は受け入れない」と言っている、そして、その妻がナイジェリアを変えるための運動を指揮しているから。だから、軍部にはできなかった――軍部は突然、統一民主主義闘争と直面することになった、軍部の勢力にとって大きな対抗勢力とね。一九九四年から、私たちはこの運動を始めた。集会、デモ行進を始めた、私も手助けしたかった。

私は、どうしたら助けになれるのか、わからなかった。

一夫多妻制という環境で育つということは、とってもポジティブな面がたくさんある、でも、とっても困難な面もたくさんある、それに、育っていくなかで「支持者」を見つけることは問題じゃないのよ、ていうか、決まった「支持者」のなかだけで育っていくの、自分の家族のなかだけで育っていく。

大きくなるにつれて、人は新たな可能性を持つ「支持者」を見分ける能力と力をさらに増していくって、私は思う、でも、若いときって、持ってるものしか持ってない、だから持ってるものを精いっぱい活用しようとする――覚えてる、幼い子供の私はずっと努力し続けてた――私に与えられた「支持者」の承認を得る道を探すのは、大いなる闘争だった――。

私の父はご存知の通りよ、父がどれほど発展に貢献できたか話したから、父がどれほど優秀だったか想像できるでしょ。

パパは素晴らしい記憶力の持ち主だった。ほんと、すごい天才。

私には姉がいるの、姉は、なんていうか、パパの足跡をたどってる――

そして、私。並。

でも、ひとつだけパパについて言っておきたいことがある、パパを認めてあげたいことがあるの、それはパパは一度も私に感じさせることはなかったの――「アイヨに比べて、どうしておまえはそんなにできが悪いんだ?」って。

アイヨは私の姉。

絶対になかった。ただの一度もなかった。

パパは私たちみんなに名前をつけてたの。

スーパーガールって呼んでた。


　ホット・チョコレートを一口する――

　観客の方を見る、微笑む。

　五秒の間――この芝居の中で一番長い間。


　ある日、ハーバード大学二年生のとき、あの時私は二年生だったと思う、私は寮のお部屋へ向かってた、授業が終わったばかりで、私が寮のお部屋へ向かってたら、図書館の横を通り過ぎたところで、長いテーブルで署名運動をしている学生たちが見えた、私は署名なんかしたくなかった、だって、わかってたから、以前にもこういった類の活動を経験したことがあったからよ、すっごく重要なことのための署名――たとえば、学生が日曜日にキャンパスを裸足で歩く権利のため、とかね。

　だから私はその学生たちを避けようとした、でも彼らはわざわざやってきた、しつこく私を捕まえようとした、私が黒人だという理由だけでよ。

　そして、学生が私に言った――「私たちの嘆願書のこと知ってるでしょう。ナイジェリアで当選した大統領が投獄されました、それで私たち、署名を集めてます」

……私は学生たちに言った――「あなたたちは私の父のために署名を集めてるのよ」

　彼らはそのことすら知らなかった、でも彼らが言ったの――「キャンパスで自分たちのグループに話をしてくれませんか」

それがアムネスティ・インターナショナルのハーバード支部だった、彼らは私に自分たちのグループに話をしてほしいって――そこからさらにハーバード学部生自治会と、ケンブリッジ市議会でも話をするよう手配してくれた――そう、こんなふうにして、私は始めたの。

一九九五年、この年、あの学生たちが私に「道」を与えてくれた。

あの学生たちが私に、アメリカという国でアメリカ人たちがこの私に耳を傾け、ナイジェリアを助けてくれる話し方をするにはどうすればよいか、教えてくれた。アメリカはものすごくパワフルだった、ナイジェリア国内の政治にものすごく関心を示していた、だって、ナイジェリアのお金の九〇パーセントは石油から得ていて、ナイジェリアの石油のほとんどはアメリカに売られているから。

そう、軍政府を維持していた多くの資金は間接的にアメリカから、アメリカの企業から出ていた――エクソン・モービル、シェヴロン、それと、もうひとつの大手がシェル。あれはヨーロッパの企業。でも、アメリカの企業も主力選手よ……


覚えてる――ママが政治に関わり始めた頃、ママはスピーチを私たちに読んで聞かせた。ママはスピーチを姉妹たちや私に読んで聞かせた。私、実感したんだ――「私たちは、女性たちが公共の場でリーダーとして浮上できるよう支援する場を提供する必要がある」って、私たちがママを支援していたのとほぼ同じ形でね。

「KIND《カインド》」が提供するリーダーシップ・プログラムは私が開発したの――「女性たち、特に若い女性たちがパブリック・リーダーになるために必要な支援サービスとは何か」を調査するリーダーシップ・プログラムよ。

「KIND《カインド》」には「KUDRA《クドラ》」と呼ばれるリーダーシップ・プログラムがあるの、「KUDRA《クドラ》」はママの名前、ママの名前だからアラビア語、「能力」、「力《パワー》」という意味、そして、「女性が自分のフル・パワーを取り戻す」のを、私たちが手助けするという意味。多くの場合、私たちの社会が「これが女性だ」と告げている「物体」にしかすぎない――ということを、女性たちが理解できるように手助けする。

私たち女性は問いたださない、私たち女性は挑戦しない。だから――あなたの人生は男性の個人的な助手になること。あなたの人生は自分の人生を追求するものではない、誰か別の人間の、あるいは、あなたの子供の人生を、手助けする人生なのよ。

ザネブっていう名の女性がいたの、若い女性。ザネブが初めて私たちのところへ来たのは十五歳のとき、アフリカ西部の国マリの季節労働者家族の出身、でも、父親がナイジェリアに移住し、ECWASビルの警備員をしてる。ECWASは西アフリカ諸国経済共同体のこと、欧州連合のアフリカ・ヴァージョン――でも、西アフリカだけ、アフリカ全土ではないの。

ザネブの父親はそのビルの警備の仕事をしてるの。彼の仕事のおかげで、彼と妻と子供は小さな宿舎を与えられた。ザネブが生まれたとき、当時一緒に住んでいたある人と婚約させられたの。その男性は、その後、サウジアラビアへ引っ越した。で、ザネブが十五歳になったとき、家族はザネブが彼の元へ行き、結婚する時期がきたと考えたの。

思春期になったとたん、多くの保守的なナイジェリア人家族は、セックスへの関心を抑える心配を始めるの。ザネブが他の誰かと結婚したり、他の誰かのガールフレンドになるなんて状況だけは避けたいの、だって彼女はすでに婚約してるんだから。で、家族はザネブをサウジアラビアへ連れて行き、その男性と結婚させる計画を立て始めた。でもザネブは家族にきっぱりと言ったの——結婚はしたくない、大学へ進学したいって。

　ザネブの両親は譲らなかった、それでもザネブが頑固に言い張ると、両親は、言ってみればザネブを拉致して、連れてったのよ、ニジェールへ——ナイジェリアの北にある町よ、ザネブをサウジアラビアへ連れていく交通機関に連結してるの。ニジェールでザネブは頭を働かせた、彼女は両親に言ったの——いまは本当に結婚する準備ができた、自分は間違ってた、新しい主人に初めて会うときはきちんとした姿で会いたいので、髪を整えてもらいに行きたい。

　両親は同意し、ザネブを美容室において帰った、なぜかって？

知ってるでしょう、アフリカの女性たちがしている小さな小さな三つ編み？　あれって何時間もかかるの！　その時ザネブは美容室から逃げたの、そしてナイジェリアへ戻る道をたどり始めた。

ザネブに会うことがあったら、あの子が戻ってこられたってことに驚くわよ、だってザネブは、ええっと——あの子、おそらく私の肩に届くくらいかな、ものすごく小さい、ものすごく**痩せてる**、あの子の祖先が西アフリカのフラニ族だからよ、ものすごく**ほっそりしてる**、痩せすぎくらいほっそり。あの子は風で吹き飛ばされそうに見える。吹き飛ばされそう、遠くまで——。

　ザネブは戻ってきたの、ロゴスまで。ナイジェリアの。ナイジェリアの海岸沿いにある町、ナイジェリアの一番下の方。

そこであの子は「ＫＩＮＤ《カインド》」を知った。どうやって知ったかはわからない。あの子が「ＫＩＮＤ《カインド》」を見つけ、私たちがあの子に避難所を提供した、リーダーシップ・プログラムを受けさせた、あの子が両親に言ったことは間違ってないってあの子が理解できるよう手助けした、あの子には自分自身の運命を決める権利があるってね。

そして、文化だけじゃなく宗教にもさまざまな解釈の仕方があり、自分の人生で強い立場を確立している女性たちがいることも知らせてあげた、そしてあの子にもそうすることができる——両親のただの僕《しもべ》でなくていい、両親が望むことだけをするなんてことはしなくていいって。

その後、両親と疎遠になったあの子は地域社会の支援を失ってしまったので、私たちは新たに見つける手助けをした、そして大学進学のための予備クラスに通う資金を提供した。「KIND《カインド》」はこういう形の支援を少なくとも一年間提供した、と同時に私たちはあの子の両親に対し、ザネブの見方を理解してあげてほしい、ザネブ自身が決断をくだせる余地を与えてあげてほしいと、話し合いを続けた。両親の同意を得るには長い時間がかかった、でも最終的には両親がザネブが結婚しないことよりも、キャリアを追求することの方を受け入れられるようになったと気づき、私たちはザネブを両親のもとへ連れて帰った、そして、なんとか和解させた——どんなふうにやったのか、お話しすべきよね。

ザネブの父親は警備員だったでしょう？　だから、その父親も自分の地域社会では重要な人物だったの——マリ族出身で、ナイジェリアへの移住者で、警備員の仕事が欲しかったら、その父親のところへいけば、彼が仕事を見つけてくれるからよ。それで、私はザネブの父親のもとへ来る志願者たちの仕事探しを始めた、ザネブの父親との関係を築くためよ——私はあの子の父親のところへ行き、言うの――「私の友人が警備員を探しているのですが、どなたかいらっしゃいます?」この私は、父親にとって彼の社会的地位を助けてくれる人間になった、それで父親が私と話し、私の話を聞いてくれる準備が整った。そう、あれには少し時間がかかった、ザネブの父親との地固めには一年かかったの。

最終的に父親は言った――「わかった、ザネブには大学に行く権利があることは理解できる」ザネブが結婚したら、あの人たちにお金が入ることがわかったからよ、花嫁の代金が支払われるから。でも、私たちは、ザネブが医者になったら――あの子は医者になりたいと思ってるの――あるいは看護師になったとしても、ザネブは彼らの社会にとって非常に重要な助けになれるんだってことを、父親たちが理解できるよう、手助けした。

たとえば、彼らの地域社会で、あなたが女性で、子供を産むところだとする、でも男性が付き添うことはできない。だから多くの場合、女性たちは置いていかれて、ひとりで子供を産む、それでもいいのよ――だって彼らの文化ではそのシステムで何世紀もの間、子供を作ってこられたんだもの。そうは言っても、合併症でも起こしたら、女性たちへの支援サービスはない――ザネブが看護師だったら、少なくとも分娩中に合併症を起こした女性を助けることができる。ザネブなら、分娩中に合併症を起こした女性を支援する方法を、彼らの社会の女性たちが学べるプログラムを、開発することだってできる。ザネブが家族に富と名声をもたらすためにできることはたくさんある、だから、私たちは、ザネブが彼らに与えることができる違う形の「見返り」、しかも、ザネブ自身の夢と一致するものを、父親たちが理解し、想像できるように手助けしたの。

しばらくの間、こういう努力を重ねた後、イスラム預言者生誕の日に――そのずっと前に、ザネブの父親が「ザネブのせいで私は地域社会で恥をかかされた」と私に話したの。恥をかくというのはアフリカの文化では大変なこと、特に親と子の間ではね。その埋め合わせをするために何かしなければ、父親が敬意を取り戻せる何かを、母親が敬意を取り戻せる何かを、しなければいけない。

イスラム預言者生誕の日、ザネブの父親の宿舎には大勢の人たちが預言者の誕生を祝うために集まっていた。当日、私はザネブを、「KIND《カインド》」で一緒に仕事をしている仲間とともに、連れて行った。私たちは女性四人くらいのグループ、私たちが中に入っていくと、全員が私たちを見つめているのがわかった、だって、ザネブは家出して以来、一年以上も宿舎に姿を見せることがなかったから。

私たちはまっすぐ父親のところへ行き、私たちが父親の社会的地位を尊重していることを父親に示すため、跪いた、そして私がザネブに代わって、ザネブが父親にもたらしたすべての恥を謝罪した。父親は私の言うことを聞いてくれた、でも、父親はただザネブをじっと見つめ続けていた、それで、私は話すのをやめた――父親は一言も言わなかった――それから、父親は手をさしのべ、ザネブを抱きしめた。

ものすごくステキだった。

ザネブの物語は広まっていった――マリ中、至るところに、でね、この物語のせいで、マリの若い女の子たちがさらに多くの反乱を引き起こしてるって、私には想像できるの、それっていいことだと思う、だって、もうそろそろ私たちは新しい役割を担う女性たち、新しい居場所にいる女性たちを、想像し始めてもいい時期よ、女性たちに新しい居場所を与えるよう社会に強いることができるのは、反乱を通してでしかない。

そう、ザネブはものすごく巨大なパワーを持ってたの、そして、彼女がその力を発揮するために、「KIND《カインド》」が手を貸した。

間。

これは人間の魂の本質に関わることだと私は思う。

私は自分の魂は光で満ちてるって思ってる。

私が霊能者ってわけじゃないわよ、だってそうじゃないもの。でも、私は闇よりも光の方がずっと多く存在してるって信じてる、そういうの、私は気に入ってる。

私は他の人たちに悪意を持たない、その点が私は好き、このことは私には大事なの、私が敵意を持たないってことがね。残酷な出来事を経験すると、人間は激しい敵意を抱くようになる、ひどく反感をもち、怒り、辛辣になる——これって、私が望んでいない山ほどの闇のエネルギーよ。

　あの、初めに、私は活動家だって話したとき——。私がアムネスティで話をしたとき、私の声は、もっと、ずっと小さかった。お客様は必死で聞き耳をたててた。「もう少し大きい声で話して」とか、「そのことをもう一度話して」とか、注文をつけなければならなかった……始めたばかりの頃は、そういう感じだった。時々、いまでもよ、マイクがないとき、とかね。みなさんは私の言いたいことを聞くのに苦労してる。声が通るようにもっとお腹から声をだそうって、私は以前より責任を持って努力するようになった。

私の姉、カフィーラ。真ん中の姉よ。クィーンズに住んでる姉。その真ん中の姉が教えてくれたの、オペラ歌手になる訓練を受けてるからよ、想像できるでしょ……　姉はドラマティック・ソプラノ。だから、その姉がお腹から声を出すとか、そういうことみんな、教えてくれた。私は練習を続けなければいけない。

でも、実際、カフィーラは……　以前も来てくれたの――講演依頼があったとき、私が頼んで姉にきてもらったの、姉にナイジェリアの歌を歌ってもらえるからよ、みなさんに私たちの国をもっと深く感じてもらえるでしょう、で、そのとき私が格闘してるのを見て、姉が教えてくれたの――「これがトレーニングよ、私は声が通る方法を知ってるの」

ナイジェリアの歌を歌うナイジェリア人女性の大きな声が、客席に向けて炸裂するなか、照明が落ちていく――

ハフサットの唇は動き続けている、しかし、彼女の話し声は、かき消されていく――

―― **モノローグが終わる** ――

ムクタラン・マイの拇印

スーザン・ヤンコヴィッツ
SUSAN YANKOWITZ

ムクタラン・マイ(パキスタン)との
インタビューに基づくモノローグ

〈登場人物〉

ムクタラン・マイ

パキスタン人。年齢二十八〜三十二歳。若くて、読み書きができない、小作農の女。デリケートでステキな体形と容貌、控えめな行動。物語が展開していくなか、次第に強く、雄弁になる。舞台では、ほぼ絶え間なく衣類に刺繍をしている。

〈時〉　現在——大体は……

〈舞台〉パキスタン南部のさまざまな場所（示唆的、あるいは、リアルに。ビデオ、あるいは、舞台上で抽象的に)。しかし、主としては、ムクタランの家の小さな庭。

ムクタラン・マイ――庭にいる、刺繍をしている――

ムクタラン　大叔母がうちの一族の子供たちの名前をつけるという名誉を授かってました、大叔母には子供がいなかったからよ。大叔母は私のことをムクタランと呼びました――「力強い」とか「自尊心のある」という意味、でも、私はいつも不思議だなって思ってた、だって、私はすっごく痩せてたから――私の国パキスタンの文化では、「痩せてる人は弱い」って考えられてる。

私の村はパキスタンの南部にあるミールワァラ、パンジャブ州で一番貧しい地域の一つ。私たちはグルジャラ族の出、下層カーストの農民部族。私は父、母、四人の姉妹、二人の兄弟と、暮らしてた。

他の女の子たちのように、私はお人形さんで遊び、木登りをし、運河で泳いだ。だけど、女の子たちはみんな、家族のお役に立てるように、特別な仕事を身につけなければいけない。十一歳になったとき、都会から来た女の人が、私に刺繍の仕方を教えてくれた。みんなが私のところへ布地を持ってくる、私は裁断し、デザインし、シャツやズボンを縫う。

料理もした、庭で花や植物も育てた。今でも大好きで、育ててる。

一年前、私の一番のお気に入り、ジャスミンを植えた、白い花はとってもいい香り！　それに、果物の木も何本か始めた、だけど、ヤギがきちゃった。ヤギはマンゴやレモンの木を平らげた、だから、私はまた植えた――だけどヤギがまたやってきた。そして、また。ヤギたちは、その時はまだ私もヤギのように頑固だって知らなかった！　ヤギたちが何をしようと、私はずっと植え続ける、そしてある日、きっとヤギは諦めるって、私は思う、そして、私の木が勝つ。

私の村には学校がなかった、それで、私の家族はみんな読み書きができなかった。私は母が学んだこと、そして、母の母が学んだことを学んだ——家事のやり方、ポンプから水を運んでくる方法、チャパティの作り方、衣服をヤシの木に吊るして干す方法、小さな子供たちを寝かしつける方法。

他の場所では、ここからそれほど遠くないところでは、女の子たちが教育を受けてたなんて、私は知らなかった。私は不幸せじゃなかった——だって、世界について、この私は全く、なんにも、教えられてなかったなんて、私は知らなかったから。

間——ムクタランが考えているのは明らかだ——

そして、その口調が変わる——。

違う、違います、私は「何か」は**教えられた**——女の子たちみんな——

私は沈黙を教えられた、恐怖を教えられた。ある人たちは社会的階級が高く、ある人たちは劣っている、と教えられた——そして、私のカースト、私の家族は、一番下だと。

私は学んだ——顔を隠して頭を下げること、「はい」と言うこと、心の中で「いいえ」と思ったときでも「はい」と言うこと、両親に従うこと、そして、男の子たちに近寄らないこと。

これが、私が知っていたことのすべて。

でも、「時」が私を捕まえてくれた、「時」が私に教えてくれた。

私は二十八歳だった。

マストイ族の男が数人、私の家にやってきて、言いました――十二歳の弟、シャクールが、彼らの一族の少女と「**ジナ**」をしたので、刑務所に送ると。弟が犯したと言われたこの「**ジナ**」という犯罪は、「強姦」とか「婚前性交渉」という意味で、「**シャリーア**」、イスラム法では死刑になる罪。

私の家族は、これは絶対に偽の告発だ、シャクールは何も悪いことはしていないと信じてた、後で私たちが正しかったことがわかった――強姦されたのは弟の方――それも、弟に罪を着せた男たちに。

だけど、私たちに何ができますか？

マストイ族は私たちより上のカーストで、地主、だから、あの人たちの言うことはみんな、法律そのもの。

「**ジルガ**」、私の村の評議会の男たちが、この状況を話し合うために集まりました、そして、最終的に、私、ムクタランが、弟のために許しを請うべきだ、と決めました。

そうすることであの人たちが満足するなら、あの人たちから弟が自由になれるなら、私は喜んでそうする。

刺繍を置き、コーランを手に取り、歩き始める。

黄昏《たそがれ》時、私はマストイ族の農場に向けて歩き始めた――祈祷書を胸に抱きしめて。

私は怖くない。私は誰にも悪いことしてない。私は神様を信じてる、「**スンナ**」、聖典を、預言者の言葉や行いに従うイスラムの伝統を、尊敬してる。私は聖なるコーランをそらで覚えてる。

父と叔父と一緒に泥道を歩き、私たちは高

い壁に囲まれたマストイ族の屋敷に入った。マストイ族の長《おさ》、フェイズ・ムハンマドと四人の男が、ライフルを持って立ってた、その後にはもっと大勢のマストイ族の男たち、何人いるかは数えられなかった、だけど、私には男たちの怒りの声が聞こえた。

跪き——

私は、自分のショールを服従の印として、地面に敷いた、そして、静かに祈りを唱えた。

「神を讃えん、宇宙の神を、
最後の審判の日の情け深き王、
我ら、神のみを崇め、
我ら、神のみに助けを請う……」

そして、私は頭を上げ、言った——

「私の弟があなたの気分を害したのでしたら、弟の振る舞いをお許しください、そして、弟を自由にしてくださいますよう、お願いいたします」

フェイズは狂気に満ちた目で私をじっと見つめた、それで、私にはわかった！　フェイズは私たち家族を許さない、許さない！　フェイズは誰かを晒し者にしたいだけ——そして、いつものように、それは女。

だけど、次に起きたことは、私が夢にも思わなかったこと。

フェイズが親族の男たちに叫んだ——

「そこにいるぞ、あの女。おまえたちの好きにしろ」

四人の男が私の髪の毛と両腕をつかみ、暗い部屋へと私を引きずり込んだ。

私は土の床の上に投げ出された……

馬小屋。あそこにいた唯一の動物は……　唯一の獣《けだもの》は……　あの四人の男だけ。

男たちに向かって叫んだ——放して！　お願

い!!! 放して！

だけど、一人の男が銃を取り出し、他の男たちが私を押さえつけた。

一時間以上もの間、私は強姦された、あの四人のマストイ族の男たちに。

父と叔父は私のために何もできなかった。猟銃を持った男たちが、父と叔父に外で待つよう、強要した。何が起きているのかわかっていたはず、でも、ふたりは無力。今でも目に浮かぶ――扉近くで、どうすることもできずに立ち尽くしている父と叔父の姿――あの男たちがやっている間中、ずっと、代わるがわる、一人、また一人。

昼も夜も、いいですか、夜も昼も、女の子たちはみんな、私の身に起きたことの恐怖を抱えて歩いてる。私たち、八歳、十歳になるころには知ってます――男はどこでも好きなところで私たちを捕まえ、どこかおぞましい場所へ連れ込み、押し倒すことができるって……私たちの身体のなかに押し入り……私たちの子供時代を、私たちの未来を、破壊する。

家の中では安全だと感じられる――でも、外に出ると、恐怖が私たちを襲う、昼も夜も、夜も昼も。まるでハゲタカが頭のすぐ上を飛び回っているみたい――歩いてるときも、仕事をしてるときも、遊んでるときも。そして、アレが起きたときは、私に起きたように、どんな悪夢もおよばない。

男たちの用済みになった私は、外へ放り出されました。服は破れ、私はほとんど裸。私は地面に横たわっていました、恥ずかしさを一人でかみしめながら。叔父と父に助けられ、私は立ち上がり、一緒に家まで歩きました――何百人もの村人たちのそばを通り抜けて。誰も、通り過ぎる私に、一言でも声をかける人は、ただのひとりも、いませんでした――村人たちはみんな目線を下げてるか、嫌悪感で私を見つめてました。いまの私は不潔で、破廉恥――村の長老たち、家族や村人たちの目にはね。私はもう同じ私ではなかった。

ムクタランの家――再び刺繍を取り上げる。

あの後、二、三日の間、私は自分の部屋に閉じこもってた。母が食べ物を持ってきてくれた、だけど、誰も何が起きたのかと、話しかけてくる人はいなかった、そして、私は、誰とも話をしなかった。

私の国パキスタンでは、女は他人《ひと》とあんなひどいことについて話したりはしない。だけど私は知ってた、私の前に起きた三つの強姦事件のこと。

一番目の女の人は、警官に苦情を訴えた、だけどその訴えは却下された。

二番目の女の人は、冷静さを取り戻すまで家にこもり、報告もせず、二度と口にしなかった。

三番目の女の人は、自殺した――農薬を一瓶飲み、一瞬にして死んだ。

（ますます興奮してきて）「私も自殺しなきゃいけないの？」――って私は自分に聞いた。パキスタンでは、生きのびることは、もっと臆病で、もっと恥ずかしいことだって、見なされてる――強姦されることよりも。人は唾を吐きかけるのよ、私に、両親に、姉妹たちに……

私が自殺すれば、みんなをこんな惨めな目に合わせなくてすむ――その方がみんなもほっとするかもしれない……

だけど、私の心は、私の家族でこの私に本当に死んで欲しいと思っている人がいる、なんて思えない――特に母は。

母の目にはそう書いてある、母が触れると、私の痛みは母の痛みなんだってわかる、母は私と一緒に苦しんでる、私に生き続けて欲しいと願ってる。

弟のシャクールはマストイ族から解放された、だけど、あまりの恥ずかしさに、自分に起きたことを話せなかった、私に起きたことも――だけど弟は、とても、とても、悲しい顔をしていた……

感情は光にかざすことはできない、痛みが消え去るまでは――。頭の中では、これは私の恥ではないとわかってた――だけどどうしようもないの、私は恥じていた。

生き続けるべきだってわかってた――だけど、とても惨めで、死にたいと思った。

だけど、自殺しないのなら、私は自分の人生をどうしたらいいの？　コンロと刺繍に戻るの？

いいえ、それはありえない。ミールヴァラを出て行った私と、ミールヴァラへ戻ってきた私は、全く違う女。馬小屋の床でのあの一時間が、むかしの私自身を破壊した――そして、今、私は新しいムクタランを探さなければいけない、そして、前進しなければいけない……

でも、何に向かって？

一つの思いが他のものをみんな遠くへ押しやりました――もしかしたら、この私が私の国の女たちを助けられるかもしれない。そう、そうよ、できるかもしれない……

私に起きたことは神様のご意思でないことはわかってた。コーランのどこを探しても、女に対する暴力は認めてない！

(さらに怒りが増して) なら、どうして男たちはあんな振る舞いをするの？

パキスタンの女たちには価値がないから？

女たちは自分を攻撃する人間を裁判にかけられないから？

男たちが自分の情欲を私たちの体で満たしても、私たちは弱すぎて反撃することができないから？

男たちが自分の精力を他の男たちに証明するために、女を男より下に位置づける必要があるから？

なぜ男たちは自分の肉体的な強さを、枯れ木を地球から引き抜くために使わないの？　井戸を掘るために？　道路をきれいに片づけるために使わないの？

そうすれば人々があちこち旅をし、貧しい村から出て、人生について学ぶことができるでしょ!?


(落ち着きを取り戻しつつ) そう、私はこんなふうに考えてました――私の強姦はマストイ族の悪の陰謀だっただけじゃなく、命令だったと知ったときです――命令！　――村で最も尊敬される男たち、部族の長老たち――公正な裁きを行うべき長老たち、すべての女の人たちを自分の娘のように守るべき長老たちの、命令だった！

どうやってあんな恐ろしい決定を下せたの？

どうやって!?

　今の私には、あの長老たちも、他の村人たち同様、無知だったからだってわかる。あの人たちは封建制度のもとに育ち、女は男が取引して利用するただの所有物にすぎないって信じてた。

近所の人たちは、あの攻撃は私の責任じゃないってわかってた、だけど、それを口に出すのを恐れてた。近所の人たちはきっと考えてたのよ――「私たちがムクタランを助けたら、きっと私たちも暴力をふるわれる!」って。

私には他に道はないことがわかった。私は私自身のために、ひとりで立ち向かわなければ――。

ちょうどそのとき、「**イマーム**」、イスラム教の導師が、金曜日のお説教で、長老たちの決定を非難されたと聞きました。

私が強姦されるまでは、女の子たちは街中で誘拐されてました、男が好みの女にセックスを強要してました――だけど、私のは違いました。評議会が罰として私を集団で強姦すると決定したのです――「名誉ある復讐」とあの人たちは呼んでました!

だけど、イマームは信徒たちに、今回の決定は罪悪であり、イスラムの法に反する違法行為だと、話されました。イマームはおっしゃいました――「強姦した者たちは法に基づいて裁かれなければならない、そして、ムクタラン・マイは警察へ行き、即刻、告訴の手続きを行うべきです!」

その時まで、私は憲法なんて聞いたことありませんでした、それに、この私がパキスタンの市民であることも、市民には、たとえ女でも、男と同じ法的権利があることも、知りませんでした。私は生まれてから一度も、弁護士や裁判官や警察官と話したことはありませんでした。でも、私はマストイ族の前に跪いた女と同じではありません。私は決めたのです。自分の意見を言う準備ができたのです。


ムクタラン、再び歩き始める――

強姦の八日後、何キロも離れたジャトイ村の警察署まで行きました。父は私を止めることもできました、でも、違いました、父とともに、「**ムッラ**」、イスラム学者の先生は、私の横につきそい、しっかりと歩いていました。父たちは私を誇りにさえ思ってる――そんなふうに思えた。

私が入っていくと、その警察官は机の前に座ってました。

「あんたの訴えを話してくれ」と、乱暴に聞きました。

「フェイズ・ムハンマド…… マストイ族の……」と私がブツブツつぶやく――「彼が四人の男に命令しました、強姦――」

「だめだ、やめろ!」と警官は叫び声をあげ、さえぎった。「そんな訴えはありえない。自分が強姦されたなんて、言ってはならん! 私らは何が起きたのか分かってる。ほらな?」

警官は一枚の紙を私に差し出した。言葉が書かれてたけれど、私にはその意味がわからなかった。

私に警官の報告書を否定なんかできる? 自分を弁護なんかできる?

私は頭が真っ白になり、部屋を飛び出した。

父と先生が警察署長と話をした、そして、私をまた送り込んだの――「言われたとおりにするように」って。今度は紙には何も書かれてなかった。

「ここに署名しろ、」と私は命令された――「そうすれば、あとの細かいことは我々が書く」

私の顔は真っ赤に燃えた、自分の名前の書き方を知らないことが、ものすごく恥ずかしかった。

でも、警官は、ただ笑った。「拇印をつかえ、他の女どものようにな」と警官は言った、そして、私の親指をスタンプ台に押しつけた、それから、真っ白な紙の一番下に押し付けた。

私の署名の上にどんな文章が書かれるのか、私には全くわからなかった。

この時、なぜ私たちには知識が必要なのか、私、わかりました。

もし教育を受けていれば、自分の権利のために闘うことができる。だけど、読み書きができないと、馬鹿な動物と同じ、頭の中には何も書かれてない――それで、どうやって自分の身にふりかかる恐ろしいことを、止めることができますか？

その後、私は判事の前に連れていかれました。判事はどんなに私が疲れてるかに気づき、椅子とコップ一杯の水を持ってきてくれました。それから、判事は私に「馬小屋で起きたことは、どんな些細なことでも、すべて説明するように」と言われました、私はそのとおりにしました――私は判事に、自分の母にも言わなかったことを話しました。

だけど、どうすれば私は自分の言っていることを証明できるの？　法律は女に対して、強姦の目撃者として男四人を要求してる――だけど、目撃者が四人の強姦者本人たちだけなら、私はどうすればいいの？

判事は私に「心配しないように」と言われました。私が法廷を出て行く前に、判事は私の頭を軽くたたき、優しく言われました――「いいですか、諦めてはいけません。しっかりと、勇気を握りしめていなさい」

そして、次の日の朝、私は大騒ぎで目を覚ましました！　犬が吠え、ニワトリは庭でわめき声をあげ、レポーターたちが私を呼んでる、婦人団体、人権団体、世界のありとあらゆるところから……！

パキスタン人権委員会が徹底した調査を要求し、マスコミは私の訴訟を支持してくれました。みんな、私の話を聞きたがりました――初めてパンジャブ州の部族の長老たちが集団強姦を許可したから、**そして**、初めて女が自分の事件を裁判に持ち込んだからよ。そして、私はああいう見知らぬ人たちから、別の暴力のことを教わりました。

ラホールでは、自分を殴る夫に離婚を申し入れた女が、弁護士の事務所で殺されました。近くの部族の男の子と手をつないでいた罰として、十代の女の子が鼻を切り取られました。家族が選んだ年配の男との結婚を拒否した女の子の顔に、塩酸がかけられました。スックルの近くの村では三人の兄弟が義理の姉を生きたまま焼き殺しました、不貞を働いていたから、というのが彼らの主張でした。いつも、いつも、名誉の問題！　でも、誰一人、不思議だとは思わないの――私の国の歴史で、いわゆる「名誉の罪」で罰せられるのはいつだって女だけ、男ということは絶対にない、ということを――！

私は強姦の容疑者を訴えました、容疑者たちはこういうことすべてを笑いとばしていると聞かされていても、です――彼らは「馬鹿げてる」と思ってる――貧しい農民の女が地主であるマストイ族と闘おうとするなんて、馬鹿げてるって！

でも、評決が出ると、容疑者たちは笑うのをやめました。四人は死刑を言い渡され、巨額の罰金の支払いを命じられたからです。他に二人が強姦をけしかけた罪で同じ判決を受けました。

またニュースがありとあらゆるところへ、飛んでいきました――私の国中へ、海外へ、そしてまた、パキスタンの女たちが数世紀にわたり耐えてきた残虐行為に対する激しい抗議がおこりました。

なぜ？――私は自分に問いかけます――なぜこんな運命がこの私に？

私たちの社会の不当行為について声をあげる初めての女に、なぜこの私が選ばれたの——？私ならこの悪の行為をうまく活用できるだろうと、神様が信じてくださったからに違いない。神様は子供の頃からの私の気質をご存知だった！　九歳のころ、私がチャパティを作ったら、母が言った——「まず、兄さんに出すんですよ」——

で、たいてい私はそうした、でも時々腹が立ち、母にお皿を渡して言った——「そうしてほしいのなら、**ママ**が兄さんに渡して！」あの頃、私は女の権利や、男女同権について、考えたこともなかった、でも今はこのことが私すべてのことにつながるのだってわかる、私たちの人生に起きることすべてにつながるって！

　ある日、私は地方事務所に出頭するように、と言われました、そこで五十万ルピーの小切手を渡されました——およそ八千ドル——政府の大臣から——女の大臣！　大臣は、これは私の痛みに対する和解金だ、と説明しました、だけど、私の沈黙に対する賄賂でもあるのではないかと心配になりました。小切手を返そうとしたちょうどその時、突然、私は神様が私を通して語られるのを感じました。

「私にはお金は必要ありません。必要なのは学校です」と私は叫びました——

「私の村に女の子のための学校を。私たちはものすごく無知です、世界のことは何も知りません。女の子たちは、親指ではなくペンで、自分の名前を署名できるよう、学ばねばなりません。読むことを、書くことを、自分の市民としての権利を、学ばねばなりません。私を助けてください」

　——私はその女の大臣に懇願しました、**彼女が**受けた教育の恩恵を受けている、女の人に。

「私が学校を作るのを助けてください」

女の大臣は、私がそのお金をどう使おうとかまわない、と言いました。


私の新たなる情熱が始まりました、私の人生の使命が——。

私は教師を雇い、小麦畑や綿畑に学校を設立しました。生徒たちは影を与えてくれる葉が生い茂ったヤシの木の下で勉強しています。初めは、私が一軒一軒まわり、ご両親に娘さんを学校に送りだしてくださるよう、必死でお願いしました。

女の子ひとりがやって来ました、そして、その子の妹、その子の友達。たった三人で初めました、でも、毎日、もっと多くの小さな女の子が、ノートと鉛筆を持って現れたのです。

その子たちは通常の科目を勉強します——算数、社会、英語のアルファベット、ウルドゥ語、そして、コーラン。

だけど、私たちは、女は男と平等だ、ということも教えます、たとえその子たちが「私たちの伝統では女の方が劣ってる」と反対しても、私たちは「違う」と言います、「それは間違ってる、私たち全員が人間であり、社会では敬意をもって扱われるべきなんだ」って！

私たちはその子たちに、わが国の建国の父、ムハンマド・アリー・ジンナーが、一九四四年に語られた言葉を読んで聞かせます——

「いかなる国家も、女性が男性と並んで歩まなければ、繁栄を極めることはできない。わが国の女性が囚人のように、家という四つの壁の中に閉じ込められているのは、人間に対する犯罪である」

女の子たちは幼い頃からこのことを学びます、その子たちの両親も、ともに学びます。

子供たちに影響を及ぼすことはすべて、両親たちと話し合う会合を持っているからです。

私の物語を話してほしいと、世界中から招待されます。だけど、私の国の多くの人たちは私の仕事を信用していない。ある人たちは、私はパキスタンの汚れた洗濯物を公にさらしていると文句を言います。私は「そういう悪いことは、埋もれたままにしておいてはいけない」と答えます――「パキスタン人は、他の人たちに自分たちの過ちを発見されたとしても、気にかけてはいけない。私たちが本当に気にかけるべきことは、不当な行為を終わらせること、『汚れた洗濯物』を洗うこと」

私は死の脅迫を受けました。

政府は私のパスポートを無効にし、出国を禁止し、自宅監禁にした。

ムシャラク大統領が声明を発表した――「これは金儲けのためのビジネスになってしまった。ムクタラン・マイ事件以来、女が百万長者になるには、強姦されて、マスコミにその話をすればいいだけだ!」

私を黙らせたいと願ってる人たち全員に言います――

「いやです、私は仕事を続けるために、どんなことでもやります。殺されても、私はやります」

女たちや若い女の子たちは、問題が起きたときは、どんな問題であっても、私のところへ来ます――私の村の人たちだけではありません、パキスタン中からやってきます。私のアドバイスを求めてやってきます――

「家庭内暴力をどうしたらいい?」

「夫に家を追い出された、どうしたらいい?」

たいてい私は弁護士や専門家に連絡をとり、尋ねます――「この女性を助けるには、どうすればいいですか？」

彼らは助言してくれます――「これこれをしなさい、それが彼女の問題の解決には最善の方法です」

でも、時には、夫が妻を虐待しているとき、女たちはただこう言います――「もうたくさん！　あなたがやめないなら、私はムクタラン・マイのところへ行きます！」――そう言えば、それでおしまい！

だけど、ほとんどの場合、弁護士は女たちに警察に被害届を出すように、と指示します。そして、必ず警官は一枚の紙を出し、女たちにこう言います――「署名しなさい、拇印で」ほとんどの女たちは読み書きができないから、そして、男である警官を恐れてるから、警官の言うとおりにします。

たいてい女たちは戻ってきて、私の寝室に泊まります、村へ歩いて帰る旅は、夜には遠すぎるから――そして、私は彼女たちが泣き疲れて眠りにつくまで、慰め続けます。

私――私はもう泣かない。私の精神に何が起きたのか、自分でもわからない。ときどき、若い人が亡くなり、みんなが泣いているのを見ても、私の涙は出てこない。ときどき、私、感じるの――私が泣いたら、永遠に泣きやむことはない――。

判決は何度も覆されました、いまも最高裁の判決を待ってる。でも、たとえこの世で私が正義を得ることができなくても、罪を犯した人たちはいつの日か神の罰を受けると信じてる。夜は悲しくても、夜明けの光がさすときは、母たち、姉妹たち、娘たちは、認められる、きっと。

毎朝、目が覚めると、生きてるというご褒美を神様に感謝します。今では、三つの学校をパンジャブ地域で開校しました、学校は女の子だけではなく、男の子のための学校でもあるの、だって男の子も学ぶ必要があるから――イスラム教の、イスラム法の下では、女には男と同じ権利があるって。

そして、ミールヴァラ、私が自殺しかけた場所には、本物の校舎を建てました、図書館と教室が六つ。さまざまな種族の子供たち、高いカースト、低いカーストの子供たちが来ています――グルジャラ族の男の子たちも、それに、マストイ族の男の子たちまで！　私たちは二百六十人以上の男の子と、四百人以上の女の子を教えています。

この私も、そんな女の子のひとりです。私は私自身が作った学校の最初の生徒でした、今、私はその学校の五年生。これからも勉強を続けていきます、だけどもう学んだの、これを――

もう二度と、二度と、私の親指を使わなくてもいい、宿題に自分の名前を署名するためにも――いいえ、他のどんなことにも！

一枚の紙に書く――

掲げると、ムクタランの名前がウルドゥ語と英語で書かれている――

ムクタラン。

力強い。

誇り高い。

ムクタラン！

――　モノローグが終わる　――

訳者あとがき

「私は全く同じ北アイルランドの自然の風景のなかにいながら
　　国境を越え、全く別の国へと入っていった！」

自らの人生の方向を変えた瞬間を、アイネーズ（北アイルランド）はこう語っている。
演劇界にいながら、社会活動家たちと歩みを共にするドキュメンタリー・シアターへの国境を最初に越えたのは、キャロル・K・マックであった。二〇〇六年一月、キャロルはファリーダ・アジジ（アフガニスタン）と出会った。

「SEVEN」の火種はその十余年前に、すでに始まっていた。一九九五年第四回北京女性会議で当時ファースト・レディであったヒラリー・クリントンが宣言した――「女性の権利は人権である、人権は女性の権利である」――このよびかけは世界中に響きわたり、多くの女性を鼓舞した。北京会議で生まれた勢いを、ファースト・レディとしての任務を終えた後も存続できるよう、クリントン氏は一九九七年に当時のマデレーン・オルブライト国務長官とともにバイタルボイス（NGO）を設立、世界各地で活動する女性リーダーたちの育成と支援を開始した。

そして、二〇〇六年一月、バイタルボイス・コネチカット州評議会はファリーダ・アジジの講演会を開催し、その会場にキャロルがいた。選ばれた道を歩まなかった女性の闘いの日々と、最後に勝利を勝ち取った物語に、心を揺さぶられる衝撃を受けた。講演終了後、キャロルはその場に居合わせたバイタルボイス初代会長と話す機会を得て、「ファリーダのような女性の物語を、演劇と融合させてドキュメンタリー・シアター作品を創りたい……そうすれば、彼女の力強い生き方が、演劇という表現芸術の力を得て、さらに多くの人々に届けられるにちがいない……」と熱く語った。

一週間後、キャロルはワシントンDCでバイタルボイスの合意を得た。キャロルは直ちに、様々な演劇活動で知己を得た、演劇界で活躍し尊敬に値する作品を生み出している女性劇作家たちに、この画期的なプロジェクトへの参加を呼びかけた。二日後、七人の劇作家がそろった。バイタルボイスは、このプロジェクトに賛同し、協力してくれる女性活動家七人を選んだ。

七人の女性劇作家と七人の女性社会活動リーダーの「SEVEN」への長い道のりが始まった。

この十四人も、「国境を越える」道を選んだ——勇気と怖れを内に秘めて。劇作家たちが挑んだのは、担当する女性リーダーが語った人生を、本人の言葉だけを一語一句変えることなく使って、ドキュメンタリー・シアター作品を創りあげるという道。自らの言葉で独自の世界を創作する劇作家にとっては、経験したことのない創作への取り組み方法への挑戦である。女性リーダーたちは、担当する劇作家に自らの人生を晒し、託し、全くの別人が自らの人生と活動を舞台で生き抜いていく姿を、客席から見届けるという未知の世界へ続く道。

バイタルボイスが資料を提供し、インタビューを調整した。十四人は走り出した——各劇作家は個別に七人の驚異的な女性リーダーに会い、七人の信じがたい物語を聞き続けた。一年余にわたり、劇作家はリーダーに直接会い、長い長い時間、話を聞いた、電話で話した、テープやビデオに録画し、その結果を記録する作業を続けた。さらにリサーチを重ね、創作過程は一つの山場を迎えた。劇作家が担当リーダーの人生の長い旅路を、「モノローグ（短い一人芝居）」にまとめあげた。七人の劇作家が一同に会し、七つのモノローグのリーディング（読み合わせ）を行い、七人のリーダーたちの人生を共有した。そして、二〇〇七年夏、「SEVEN」は次の段階へと進んだ。助成金を得て、七人の物語を一つの作品へと織り上げていくために、七人の劇作家に加えて、演出家と女優たちが参加し、二週間の創作ワークショップが行われた。世界初のドキュメンタリー・シアター作品が産声を上げた。さらに半年をかけて合同推敲作業を重ね、「SEVEN」が完成した。

二〇〇八年一月二十一日キング牧師生誕記念日、ニューヨーク市の92丁目Yで「SEVEN」が世界初演の幕を開けた。女優たちは「台本を持ったまま」、実在の人間を、その人間の人生を、その人間が語った言葉で生き抜くという、ドラマティック・リーディングへの一歩を踏み出して行った。客席では女性リーダー三人が待ち受けていた。そして、スタンディング・オベーションのなか、世界初演の幕がおりた。女性リーダーたちは、自らの人生が新たな世界「SEVEN」の舞台で息づくのを見届けた。

その一人、アイネーズ（北アイルランド）はこう語った――「私たちの人生から女優さんと劇作家が創りあげたものといったら……　女性たちが、私たちが一歩踏み出すことで、他の誰かを私たちの空間へ引っ張り込めるの。声をあげることの孤独を私たちは知っている」

この夜の観客のなかから支援者たちが現れ、「ＳＥＶＥＮ」はゆっくりと、しかし、着実に広がっていった。

二〇一〇年三月、ニューヨーク市で開催された「世界女性会議」の開会式で、ヒラリー・クリントンが開会宣言をし、メリル・ストリープがアイネーズ役を担った「ＳＥＶＥＮ」が上演されたことにより、米国のみならず、世界各地へと「飛び火」していった……ついに、日本にも。

キャロルが、十余年にわたり演出家として親交を重ねてきた私に、初演上演台本を届けてくださった……日本語による日本版上演を託すというメッセージを添えて。私自身はこの国境を越えるのか……と自問自答しつつ、二年をかけ、キャロルとも検討を重ね、日本語版「ＳＥＶＥＮ・セブン」を準備した。

二〇一二年十一月東京、「ＳＥＶＥＮ・セブン」がドラマティック・リーディング形式で世界初演の幕を開けた。

ドラマティック・リーディング形式は、「リーディング」――出演者が着席し、台本を見ながら戯曲を読んでいく上演方式」を進化させた形式で、演出家がステージングを含む集中稽古を行い、出演者が台本を持ちながらではあるが、内面的にはできるかぎり上演に近い状態まで立ち上げ、ミニマムの装置・照明・音響で上演する方式である。本来はリージョナル・シアター等で新作の可能性を試すために使われる効果的な方法である。ドラマティック・リーディングを行う際、その鍵を握るのは、俳優が手に持ったまま上演に挑む台本にある。俳優は台本上の「台詞（文字）」を見たのち、瞬時にそれを人物の「言葉」として発信していかなければならない。演出家はそのために最も効果的なリーディング用表記台本を準備し、稽古と本番に臨む。但し、劇作家が選んだ言葉、句読点や「――」「……」は、その人物の息づかいや、思考を示唆する重要な役割を担っているため、米国では演出家や俳優は勝手に変更することはできない。訳者としても、演出家としても、リーディング表記を準備する際、その原則は守っている。

「SEVEN・セブン」を出版するに際し、この作品の未来を夢見て、ドラマティック・リーディング形式上演に使用できる表記法を選んだ。カバーを外せばそのまま上演台本として使用できるよう、表紙は黒にして頂いた。

興味を魅かれた人物の「台詞（文字）」を「目」で読み取る――

目線を上げ、伝えたい人に向ける――

今読み取った台詞を、その人物の「生きた言葉」として声に出し、伝えたい人物に伝える――

この一連のプロセスを一歩一歩重ねていくことで、「SEVEN・セブン」の世界に生きる人間たちのドラマを体験していただければ……と願っている。

「SEVEN・セブン」の誕生は、沢山の方々の勇気ある「一歩」の結晶である。

新ジャンル創作を迷っていた私に、一歩を踏み出す勇気をくださった生涯の演劇創作の友。

前例のないドキュメンタリー・シアターというユニークな作品を制作、上演、そして出版するために、匿名で基金を提供し続けてくださったTCエンジェルの方々。

稀有なドラマティック・リーディング形式の稽古と上演に果敢に挑戦し、七人に生命を与えてくださった初演キャスト、そして講堂版に参加してくださった、総勢十三人の素晴らしい女優さんたち。

劇場でも、劇場から飛び出しても、裏を支えてくださったスタッフの方々。

「SEVEN」が掲げる理想――「社会の中へ出ていって上演する」――という道を、日本で拓いてくださった、半世紀来の恩師、河原眞治子先生。

異色作品を現代アメリカ演劇叢書の七番目の本としてドラマティック・リーディング形式で出版してくださった而立書房の宮永捷さん、そして、当初出版を予定していなかった七本のモノローグを、七人を知る良き手がかりになるからと同時出版を勧めてくださった編集の倉田晃宏さん。

みなさまに、心から感謝申し上げる。


この本を手にとってくださった方々により、「SEVEN・セブン」がさらに多くの国境を越え、果敢に生き続けてくれるよう、祈りつつ――

シアター・クラシックス　三田地　里穂

「SEVEN・セブン」上演記録

「SEVEN・セブン」世界初演（World Première）〈劇場版〉

2012年11月2日(土) 〜11月3日(日)
於： ウッディシアター中目黒 (WOODY THEATRE NAKAMEGURO)

〈キャスト〉(登場順)

ハフサット・アビオラ（ナイジェリア） HAFSAT ABIOLA(NIGERIA)	宮崎 亜友美 AYUMI MIYAZAKI
ム・ソクーア（カンボジア） MU SOCHUA (CAMBODIA)	山科 ゆき子 YUKIKO YAMASHINA
アナベラ・デ・レオン（グアテマラ） ANABELLA DE LEON (GUATEMALA)	槇 由紀子 YUKIKO MAKI
アイネーズ・マコーミック（北アイルランド） INEZ McCORMACK(NORTHERN IRELAND)	長島 涼子 RYOKO NAGASHIMA
ファリーダ・アジジ（アフガニスタン） FARIDA AZIZI (AFGHANISTAN)	丸山 真奈実 MANAMI MARUYAMA
マリーナ・ピスクラコヴァ＝パルカ（ロシア） MARINA PISKLAKOVA-PARKER(RUSSIA)	星 光子 MITSUKO HOSHI
ムクタラン・マイ（パキスタン） MUKHTAR MAI(PAKISTAN)	安黛 瑛花 EIKA AZUMI

〈スタッフ〉

訳・演出　三田地 里穂	Translated/Directed by RIHO MITACHI
美術　高木 槇子	Production Design by MAKIKO TAKAGI
照明　岡野 昌代	Lighting by MASAYO OKANO
舞台監督　斎木信太朗	Stage Manager SHINTARO SAIKI
＊	
宣伝美術　三田村 有希子	Flyer Design by YUKIKO MITAMURA
チケット協力　伊藤 嘉奈子	Ticketing by KANAKO ITOH
制作　PROJECTSEVENJAPAN シアター・クラシックス	Produced by PROJECTSEVENJAPAN THEATRE CLASSICS

＊この公演はシアター・クラシックス・サポーター「アノニマス基金2012」により実現しました。
The Theatre Classics' Dramatic Reading SEVEN・セブン was funded by the THEATRE CLASSICS' SUPPORTER, "fund anonymous・2012."

「SEVEN・セブン」〈講堂版〉

2013年9月13日（金）～9月15日（日）
於： 東京ウィメンズプラザ・ホール（TOKYO WOMEN'S PLAZA HALL）

〈キャスト・A〉（登場順）〔9月13日（金）18:00、14日（土）18:00、15日（日）14:00〕

ハフサット・アビオラ（ナイジェリア） HAFSAT ABIOLA(NIGERIA)	宮崎 亜友美 AYUMI MIYAZAKI
ム・ソクーア（カンボジア） MU SOCHUA(CAMBODIA)	山科 ゆき子 YUKIKO YAMASHINA
アナベラ・デ・レオン（グアテマラ） ANABELLA DE LEON(GUATEMALA)	槇 由紀子 YUKIKO MAKI
アイネーズ・マコーミック（北アイルランド） INEZ McCORMACK(NORTHERN IRELAND)	長島 涼子 RYOKO NAGASHIMA
ファリーダ・アジジ（アフガニスタン） FARIDA AZIZI(AFGHANISTAN)	城月 美穂 MIHO KIZUKI
マリーナ・ピスクラコヴァ＝パルカ（ロシア） MARINA PISKLAKOVA-PARKER(RUSSIA)	星 光子 MITSUKO HOSHI
ムクタラン・マイ（パキスタン） MUKHTAR MAI(PAKISTAN)	安黛 瑛花 EIKA AZUMI

〈キャスト・B〉（登場順）〔9月14日（土）14:00〕

ハフサット・アビオラ（ナイジェリア） HAFSAT ABIOLA(NIGERIA)	猪股 香奈子 KANAKO INOMATA
ム・ソクーア（カンボジア） MU SOCHUA(CAMBODIA)	奥山 奈緒美 NAOMI OKUYAMA
アナベラ・デ・レオン（グアテマラ） ANABELLA DE LEON(GUATEMALA)	さつき 里香 RIKA SATSUKI
アイネーズ・マコーミック（北アイルランド） INEZ McCORMACK(NORTHERN IRELAND)	槇 由紀子 YUKIKO MAKI
ファリーダ・アジジ（アフガニスタン） FARIDA AZIZI(AFGHANISTAN)	城月 美穂 MIHO KIZUKI
マリーナ・ピスクラコヴァ＝パルカ（ロシア） MARINA PISKLAKOVA-PARKER(RUSSIA)	野口 絵美 EMI NOGUCHI
ムクタラン・マイ（パキスタン） MUKHTAR MAI(PAKISTAN)	藤井 九華 KYUKA FUJII

〈スタッフ〉

訳・演出　三田地 里穂	Translated/Directed by RIHO MITACHI
美術　高木 槇子	Production Design by MAKIKO TAKAGI
*	
宣伝美術　三田村 有希子	Flyer Design by YUKIKO MITAMURA
チケット協力　伊藤 嘉奈子	Ticketing by KANAKO ITOH
制作　シアター・クラシックス	Produced by THEATRE CLASSICS

*この公演はシアター・クラシックス・サポーター「アノニマス基金 2013」により実現しました。
The Theatre Classics' Dramatic Reading SEVEN・セブン was funded by the THEATRE CLASSICS' SUPPORTER, "fund anonymous・2013."

「SEVEN・セブン」〈講堂版・招聘公演〉

国連ウィメン協会東京・（公財）日本キリスト教婦人矯風会 共催

Jointly presented by UN WOMEN National Committee Japan Tokyo Sub-Committee and KYOFUKAI (Japan Christian Women's Organization)

2014年11月10日(月)

於： 矯風会館ホール (KYOFUKAIKAN HALL)

〈キャスト〉(登場順)

ハフサット・アビオラ（ナイジェリア） HAFSAT ABIOLA(NIGERIA)	宮崎 亜友美 AYUMI MIYAZAKI
ム・ソクーア（カンボジア） MU SOCHUA(CAMBODIA)	山科 ゆき子 YUKIKO YAMASHINA
アナベラ・デ・レオン（グアテマラ） ANABELLA DE LEON(GUATEMALA)	槇 由紀子 YUKIKO MAKI
アイネーズ・マコーミック（北アイルランド） INEZ McCORMACK(NORTHERN IRELAND)	長島 涼子 RYOKO NAGASHIMA
ファリーダ・アジジ（アフガニスタン） FARIDA AZIZI (AFGHANISTAN)	丸山 真奈実 MANAMI MARUYAMA
マリーナ・ピスクラコヴァ＝パルカ（ロシア） MARINA PISKLAKOVA-PARKER(RUSSIA)	星 光子 MITSUKO HOSHI
ムクタラン・マイ（パキスタン） MUKHTAR MAI(PAKISTAN)	安黛 瑛花 EIKA AZUMI

〈制作スタッフ /Production Staff **〉**

（公財）日本キリスト教婦人矯風会 KYOFUKAI (Japan Christian Women's Organization)	宮本 潤子 JUNKO MIYAMOTO
国連ウィメン協会東京 UN WOMEN National Committee Japan Tokyo Sub-Committee	鷲見 八重子 YAEKO SUMI

〈舞台スタッフ /Stage Production Staff**〉**

訳・演出　三田地 里穂	Translated/Directed by RIHO MITACHI
美術　高木 槇子	Production Design by MAKIKO TAKAGI
舞台製作　シアター・クラシックス	Stage Production THEATRE CLASSICS

*舞台製作はシアター・クラシックス・サポーター「アノニマス基金2014」により実現しました。
The stage production of "SEVEN・セブン" was funded by the THEATRE CLASSICS' SUPPORTER, "fund anonymous・2014."

[訳者略歴]
三田地 里穂（みたち・りほ）
ザ・ディファイアンス大学スピーチ・演劇学部（B.A.）、トリニティー大学大学院演劇学部（M.F.A.= 芸術修士号）。アメリカ在住 10 年の間、教育演劇、サマー・ストック、ダラス・シアター・センターでプロの役者、演出家としての経験を積んで帰国。以来、東京でアメリカの本格派演劇作品を取り上げる地道な演劇活動を続けている。1990 年にシアター・クラシックスを設立し、1 年に 1 本の作品上演を続けている。94 年に第一回湯浅芳子賞受賞。
訳書：「現代アメリカ演劇叢書」既刊 6 冊、「芝居は最高！」「スカピーノ！」「ODE TO JOY」（「英訳寿歌」）。

SEVEN・セブン ——現代アメリカ演劇叢書——

2016 年 8 月 20 日　第 1 刷発行

著　者　ポーラ・シズマー、キャサリン・フィロウ、ゲイル・クリーゲル、キャロル・K・マック、ルース・マーグラフ、アナ・ディヴィエール・スミス、スーザン・ヤンコヴィッツ
訳　者　三田地里穂
発行者　宮永 捷
発行所　有限会社 而立書房
東京都千代田区猿楽町 2 丁目 4 番 2 号
電話 03（3291）5589 ／ FAX 03（3292）8782
http://jiritsushobo.co.jp
印　刷　株式会社 スキルプリネット
製　本　有限会社 岩佐

落丁・乱丁本はおとりかえいたします。

Printed in Japan
ISBN 978-4-88059-394-4　C0074

フランツ・モルナール／三田地里穂 訳

芝居は最高！

1990.2.25 刊
四六判上製
136 頁
定価 1200 円
ISBN978-4-88059-140-7 C0074

不倫が発覚した人気女優の危機を救う劇作家。一篇の芝居が現実を塗り変えて、虚と実の世界が錯綜する。ベルギーの劇作家フランツ・モルナールの傑作コメディー！

F・ダンロップ、J・デール／三田地里穂 訳

スカピーノ！

1994.6.25 刊
四六判上製
128 頁
定価 1200 円
ISBN978-4-88059-185-8 C0074

モリエールの「スカパンの悪だくみ」を、イギリスの劇作家ダンロップとデールが見事に現代化した、抱腹絶倒の喜劇。楽譜と舞台見取図を併録。

マイケル・ブレイディ／三田地里穂 訳

ジリアンへ、37 歳の誕生日に　現代アメリカ演劇叢書

1993.12.25 刊
四六判上製
128 頁
定価 1200 円
ISBN978-4-88059-186-5 C0074

クルーザで作業中に事故死した妻ジリアンの 37 歳の誕生日の前夜、そして当日、娘をはじめ周囲の人たちは夫ディヴィッドの社会復帰を画策する。孤独と悲しみ、愛の再生をナイーブに描出する新鋭の傑作戯曲。

北村想／英訳・三田地里穂

ODE TO JOY（英訳「寿歌」）

1989.9.25 刊
四六判上製
144 頁
定価 1500 円
ISBN978-4-88059-129-2 C0074

北村想の代表作のアメリカ版。初演は 10 年前、ますます評価の高まる「寿歌」をアメリカ初め、世界に紹介すべく編まれた英訳版。明快・闊達な英文による翻訳は、さらにこの作品の価値を知らしめるものとなろう。

マルコルム・モリソン／三輪えり花 訳

クラシカル・アクティング

2003.12.25 刊
四六判上製
224 頁
定価 2000 円
ISBN978-4-88059-298-5 C0074

古典劇（ソフォクレス、シェイクスピア、モリエール、イプセン、チェーホフ）をどう理解し、演ずるか。マルコルムはこの難問を見事に解いてくれる。現役俳優や演劇を志す人たちには必携。

谷本恵美

モラハラ環境を生きた人たち

2016.6.15 刊
四六判並製
288 頁
定価 1600 円
ISBN978-4-88059-396-8 C0011

見えない暴力であるがゆえに気づかれづらいモラルハラスメント。でも、モラハラに気づいて、加害者から離ても、その傷はたやすく癒えるものではありません。自分とじっくりと向き合い、傷ついた心をケアすることの大切さを伝える本。